錢穆先生全集

錢穆先生全集

［新校本］

理學六家詩鈔

九州出版社

圖書在版編目（CIP）數據

理學六家詩鈔/ 錢穆著. -- 北京 ： 九州出版社， 2011.7（2024.4 重印）
（錢穆先生全集）
ISBN 978-7-5108-1005-3

Ⅰ. ①理… Ⅱ. ①錢… Ⅲ. ①宋詩 - 選集 ②古典詩歌 - 詩集 - 中國 - 明清時代 Ⅳ. ①I222.4

中國版本圖書館CIP數據核字（2011）第100617號

理學六家詩鈔

作　　者　錢　穆　著
責任編輯　周弘博
出版發行　九州出版社
裝幀設計　陸智昌　張萬興
地　　址　北京市西城區阜外大街甲 35 號
郵　　編　100037
發行電話　（010）68992190/3/5/6
網　　址　www.jiuzhoupress.com
印　　刷　三河市東方印刷有限公司
開　　本　635 毫米 × 970 毫米　16 開
插頁印張　0.5
印　　張　20
字　　數　226 千字
版　　次　2011 年 7 月第 1 版
印　　次　2024 年 4 月第 3 次印刷
書　　號　ISBN 978-7-5108-1005-3
定　　價　80.00 元

錢穆先生

錢穆先生印·賓四

新校本說明

錢穆先生全集，在臺灣經由錢賓四先生全集編輯委員會整理編輯而成，臺灣聯經出版事業公司一九九八年以「錢賓四先生全集」為題出版。作為海峽兩岸出版交流中心籌劃引進的重要項目，這次出版，對原版本進行了重排新校，訂正文中體例、格式、標號、文字等方面存在的疏誤。至於錢穆先生全集的內容以及錢賓四先生全集編輯委員會的注解說明等，新校本保留原貌。

九州出版社

出版說明

一九七一*年，錢賓四先生撰就朱子新學案五大册，凡百數十萬言。撰著期間，嘗隨手選鈔朱子詩愛誦者為一編。及日本承認大陸政權，繼以「國民政府」退出聯合國，消息頻傳，先生心情不安，乃日誦邵康節、陳白沙詩以自遣。於是繼朱子詩續選兩集。嗣又增王陽明、高景逸、陸桴亭三家，以成本書。先生自謂：「余在宋、元、明、清四代理學家中，愛誦之詩尚不少，惟以此六家為主。竊謂理學家主要喫緊人生，而吟詩乃人生中一要項。余吟他人詩，如出自己肺腑，此亦人生一大樂也。」理學諸儒篤敬為人，闡明正學，而世之議者，或疑其人多乏文學情味；先生之編錄是書，殆亦有意糾改世俗之偏見。又讀其人詩作，可見其人生活之一斑，亦可藉探其人思想學問之微，以補各家年譜、文集之不足，則斯編亦可謂已開示學者進窺理學一新門徑。先生之選輯六家詩，每家皆踰百首，自一九七一年冬，以迄翌年春竣事。又越年，一九七三年秋始付印。先生親任校字既竟，乃獲見

*新校本編者注：原文為「民國」紀年。下同。

高子未刊稿鈔本六册，又增選二十六題三十首，為景逸未刊詩鈔。一九七四年元月由臺灣中華書局初版。

今以原版為底本，邵、朱、陳、王四家並據四部叢刊本覆校；其中陳白沙自和楊龜山此日不再得韻以下十餘首，先生原依四庫全書本補鈔，今亦據四庫本校對。最後兩家，景逸詩鈔據四庫全書高子遺書本，桴亭詩鈔則據陸桴亭先生遺書本。先生於每家前，又各撰別傳一篇。今除校改若干誤植文字外，悉增標私名號、書名號及引號等，以便讀者閱讀。疏漏之處，尚祈讀者指正。

本書由錢行先生負責整理。

錢賓四先生全集編輯委員會　謹識

目次

自序

宋儒金履祥輯有濂洛風雅一編，上自濂溪、康節、横渠、二程，下迄宋末，凡近五十人。采其辭、賦、箴、銘、誡、贊、誄、祭、詩、歌、樂府諸體四百數十首，分為六卷。唐良瑞為之序，有曰：「味其詩而泝其志，誦其詞而尋其學；言有教，篇有感。」余之斯鈔，略近其意，而體裁不同。專鈔詩篇，他皆不及。又僅於宋、明、清三代取康節、晦菴、白沙、陽明、景逸、桴亭六家，每家鈔踰百首。讀者進而窺其全集，又進而旁及諸家，庶知理學宗旨，本在陶鑄性情，扢揚風雅，固不如一般所疑，其言則勃窣理窟，其人則木強枯槁，拘謹狹隘，以不近人情相譏，是為不知理學之眞。

理學者，所以學為人。為人之道，端在平常日用之間。而平常日用，則必以胸懷灑落、情意恬淡為能事。惟其能此，始可體道悟眞，日臻精微。而要其極，亦必以日常人生之灑落恬淡為歸宿。至於治平勳業，垂世著作，立功立言，斯則際會不同，才性有異，亦可謂是理學之餘事，不當專憑以作一概之衡量。

斯鈔一以顯示作者之日常人生為主。所鈔六家，固皆一代之魁傑，理學之宗師，外論其時代，內窺其性情，既已各別不同，其論學宗旨，亦復相殊互異。然觀其平常日用間之胸懷意境，灑落恬淡，則大體相若。可證此乃理學家之共同嚮往與其共同躬修之所在。其所鈔之第二標準，則為諸家之論學語。以此論詩，若所不宜，然亦見理學詩之一種特殊面貌，可備詩中之一格。至於格律聲色，為一般論詩者所重，斯鈔轉不經意。然即以詩言，此六家在宋、明、清三代詩人中，亦可列上選而無媿。

康節詩最為創新，誠可謂之是理學詩。白沙有意追摹。然兩人一居城市，一隱海濱。康節於物理、史迹，研窮廣泛，著述亦豐，數學尤其絕業；而白沙則一片空明，除刻意吟詩外，其他似少厝意。然明代理學家，每以白沙、陽明並稱。可見理學重在人生日用。而人生日用之所重，則在其情懷境界。白沙乃以一詩人而高踞理學上座，可窺此中消息矣。

晦翁詩澹雅淳古，上規選體。跨越宋、唐，卓然不倫。以詩人標準言之，晦翁亦為巨擘。陽明早年溺意辭章，其詩亦詩人之詩也。兩家原集皆以年代編次。茲所鈔遠遊篇，乃晦翁十九歲所作；寫眞一絕，距其易簀僅一月；首尾宛然。其詩集不啻其年譜，惟亦間有參差。如第十卷諸詩，與「樂府」同帙，皆編在九卷寫眞一絕之後，知乃隨後絡續所收。又如追和陸子壽一詩，應在兩人鉛山再晤時，而編入鵝湖初會之年。斯鈔只仍原集次序，未能一一加以辨正。陽明詩分編標題，最為明白。讀者能將兩家年譜與詩集並讀，則各詩中之時地與其本事，皆可一一考索。今亦未能逐篇詮註，以待讀者之自尋。又兩家思想學問之與年俱進，有一詩之微，旁見側出，可以補年譜、文集之不足者。如陽明江西詩太極巖「始信心非明鏡臺」之句，足與其天泉橋「四句教」相闡發，此則脫口而出，不易得之文集、語録中也。

景逸不多作詩，其遺書亦尠流傳，故斯編特多加鈔録。其論學在朱、王之間。中年以後，杜門隱淪，跡近邵、陳。然其詩率眞清淡，乃亦與邵、陳之絢爛縱肆有别。三家原集，皆以詩體分，不以年代編，此鈔亦一一仍之。

六家中惟桴亭遭遇特酷。生值易世，堅貞不仕。生事窮窘，茹苦更深。故其詩多幽憂沉痛之辭。然其近於入屈者，亦終自歸於陶。其心情之灑落恬淡，亦與前五家無殊致。桴亭詩編年可與年譜並讀，一如朱、王。斯編亦摘録特多，以見明遺民在當時生活之一斑。

讀者得斯鈔，可供進窺理學一新門徑。若擺棄理學觀點，純以詩求，詩以言志，亦可以眞得風雅之遺響。果能忘其為詩，一吟一詠，直向自己性情日用中反身默會，則誠如程伊川言：「未讀論語前是此一人，讀論語後將會另是一人，此始為善讀論語。」斯鈔竊亦有意於此，以待讀者之善求。

邵康節別傳

邵雍，字堯夫，元祐中賜謚康節。其先范陽人，曾祖父始家衡漳，幼從父徙共城，居蘇門山下。李挺之權共城令，知康節事父孝謹，勵志精勤，一日，叩門勞之，曰：「好學篤志何如？」曰：「簡策之外，未有適也。」挺之曰：「其如物理之學乎？」他日，又曰：「不有性命之學乎？」康節再拜，願受業。其事挺之，雖野店，飯必糲，坐必拜。已而歎曰：「昔人尚友千古，吾獨未及四方。」於是出遊，踰河、汾，涉淮、漢，周流齊、魯、宋、鄭之墟。苟有達者，必加諮訪。歸而築室百源之上，大覃思於易。冬不爐，夏不扇；日不再食，夜不設寢；凡數年。大名王天悅精於易，聞而欲教之，訪之於雪中深夜，見其儼然危坐，與語三日，得所未聞，大驚服，卒舍其學而學焉。年三十餘，始遊洛而定居焉。蓬蓽環堵，不蔽風雨，躬爨以養父母，居之裕如，自云未嘗攢眉。所居寢息處曰安樂窩，自號安樂先生。又為甕牖，讀書燕居其下。旦則焚香獨坐，晡時飲酒三四甌，微醺便止，不至醉。每歲春二月出，四月天漸熱，即止；八月出，十一月天漸寒，即止。每出，乘小車，用一人挽之。為詩自詠，曰：「花似錦時高閣望，草如茵處小車行。」司馬光贈以詩，曰：「林間高閣望已久，花外小車猶未來。」隨意所之，士大夫識其車音，爭相迎候。童孺廝隸皆曰：「吾家先生至。」一家留三五宿，又之一家，或經月忘返。有特為起屋如安樂窩以待其來者，謂之「行窩」。及沒，挽詩有云：「春風秋月嬉游處，冷落行窩十二家。」每羣居燕飲，笑語終日，不甚取異於人。樂道人之善，而未嘗及其惡，故賢者悅其德，不賢者喜其眞，久而益信服。富弼、司馬光、呂公著，為市園宅。其宅契乃溫公戶名，園契乃韓公戶名，其莊契乃王某戶名，康節皆不改。一日，明道、伊川兄弟訪之，飲酒甚歡。明日，明道語其門人，曰：「昨從堯夫先生遊，聽其論議，振古之豪傑也。惜其無所用於世。」門人問所言，曰：「內聖外王之道也。」今明道集中有月陂詩，即詠其事。王拱辰、呂誨等屢薦之，終不出。年六十七卒。伊川問：「從此永決，更有見告乎？」舉兩手示之。伊川曰：「何謂也？」曰：「面前路徑須令寬。路窄，則自無著身處，況能使人行也？」所著有觀物篇、漁樵問答、先天圖、皇極經世書等。伊川擊壤集，為其詩集名，魏鶴山稱之，曰：「凡歷乎吾前，皇帝王霸之興替，春秋冬夏之代謝，陰陽五行之變化，風雷雨露之霽曀，山川草木之榮悴，惟意所驅，周流貫徹，融液擺落，蓋左右逢源，略無毫髮凝滯倚着之意，眞所謂風流人豪者歟！使得從遊於舞雩之下，浴沂詠歸，毋寧使曾晳獨見稱於聖人。洙泗已矣，秦漢以來諸儒，無此氣象。」高景逸曰：「伊川言康節如空中樓閣，他天資高，胸中無事，日日有舞雩之趣，未免有玩世意。」或問朱子：「學者有厭拘檢、樂放舒、惡精詳、喜簡便，自謂慕堯夫，何如？」曰：「邵子這道理，豈易及哉！他胸襟中這箇學，能包括宇宙，始終古今，如何不做得大，放得下。今人卻恃箇甚，敢得如此！」然則後人讀其詩，特以曾點相擬，亦未為知康節。

康節詩鈔

閑吟四首

平生如仕宦，隨分在風波。所損無紀極，所得能幾何。既乖經世慮，尚可全天和。樽中有酒時，且飲復且歌。

予年四十七，已甫知命路。豈意天不絕，生男始為父。且免散琴書，敢望大門戶。萬事盡如此，何用過憂懼。

居洛八九載，投心唯二三。相逢各白首，共坐多清談。人事已默定，世情曾久諳。酒行勿相逼，徐得奉醺酣。

欲有一瓢樂，曾無二頃田。丹誠未貫日，白髮已華顛。雲意寒尤淡，松心老益堅。年來疎懶甚，時憶舊林泉。

高竹

高竹臨清溝，軒小亦且幽。光陰雖屬夏，風露已驚秋。月色林間出，泉聲砌下流。誰知此夜情，邈矣不能收。

高竹碧相倚，自能發餘清。時時微風來，萬葉同一聲。道汙得夷理，物虛含遠情。階前閑步人，意思何清平。

高竹如碧幢，翠柳若低蓋。幽人有軒榻，日夜與之對。宇靜覺神開，景閑喜眞會。與其喪吾眞，孰若從吾愛。

高竹數十尺，仍在高花上。柴門晝不開，靑碧日相向。非止身休逸，是亦心夷曠。能知閑之樂，自可敵卿相。

秋遊

八月光陰未甚淒，松亭竹榭尤為宜。況當晝夜初停處，正是炎涼得所時。明月入懷如有意，好風迎面似相知。閑人歌詠自怡悅，不管朝廷不採詩。

和人放懷

為人雖未有前知，富貴功名豈力為。滌蕩襟懷須是酒，優游情思莫如詩。況當水竹雲山地，忍負風花雪月期。男子雄圖存用捨，不開眉笑待何時。

小圃睡起

門外似深山，天眞信可還。軒裳奔走外，日月往來間。有水園亭活，無風草木閑。春禽破幽夢，枝上語綿蠻。

閑　行

園圃正蕭然，行吟繞澤邊。風鷩初社後，葉墜未霜前。衰草襯斜日，暮雲扶遠天。何嘗見眞象，止可入無言。

龍門道中作

物理人情自可明，何嘗慼慼向平生。卷舒在我有成算，用捨隨時無定名。滿目雲山俱是樂，一毫榮辱不須驚。侯門見說深如海，三十年來掉臂行。

名利吟

名利到頭非樂事，風波終久少安流。稍鄰美譽無多取，纔近清歡與賸求。美譽既多須有患，清歡雖賸且無憂。滔滔天下曾知否，覆轍相尋卒未休。

遊洛川初出厚載門

初出都門外，西南指洛陬。山川開遠意，天地掛雙眸。村落桑榆晚，田家禾黍秋。民間有此樂，何必待封侯。

燕堂卽事

川上數峯青，林間一水明。閑雲無定體，幽鳥不知名。遊侶既非約，歸期莫計程。錙銖人世事，休強作威獰。

川上懷舊

為今日之山，是昔日之原。為今日之原，是昔日之川。山川尚如此，人事宜信然。幸免紅塵中，隨風浪着鞭。

地迥川原闊，村孤煙水閑。雷輕龍過浦，雲亂雨移山。田者荷鋤去，漁人背網還。伊予獨霑濕，猶在道途間。

秋懷

晴窗日初曛，幽庭雨乍洗。紅蘭靜自披，綠竹閑相倚。榮利若浮雲，情懷淡如水。身非天外人，意從天外起。

明月生海心，涼風起天末。物象自呈露，襟懷驟披豁。悟盡周|孔道，解開仁義結。禮法本防

姦，豈為吾曹設。

清風無人兼，自可入吾手。明月無人幷，自可入吾牖。中心既已平，外物何嘗誘。餘事豈足論，但恐樽無酒。

寒露綴衰草，淒風搖晚林。鳥聲上復下，天氣晴還陰。節改一時事，人懷千古心。誰云子期死，舉世無知音。

池荷日取敗，籬菊日就榮。其于品彙間，自與節氣爭。盛衰不同時，賢愚難並行。安得松桂心，四時長青青。

九月氣乍肅，衰柳猶有蟬。霜外疎鐘斷，風餘清籟傳。千山亂遠月，一鶚摩高天。自非出世人，而敢危行言。

惟南有美橘，惟北有美栗。厥包或頗同，厥味信不一。天地豈無情，草木皆有實。物本不負人，人自負於物。

蛺蝶遶寒菊，蟋蟀鳴空階。門前有犬臥，盡日無客來。清波靜中流，白雲閑處堆。何以發天和，時飲酒一盃。

水寒潭見心，木落山露骨。始信天無涯，萬里不隔物。脱衣掛扶桑，引手探月窟。不負仁義心，區區五十一。

飲酒不甚多，數盃醺心顔。未醺不可止，既醺勸亦難。誰云萬物廣，豈出天地關。誰云萬事廣，豈出人情間。

小圃逢春

隨分亭欄亦弄妍，不妨閑傍酒罏邊。夜簷静透花間月，晝戶晴生竹外烟。事到悟來全偶爾，天教閒去豈徒然。壺中日月長多少，爛占風光十二年。

惜芳菲

細算人間千萬事，皆輸花底共開顔。芳菲大率一春內，爛漫都無十日間。亦恐憂愁為齟齬，更防風雨作艱難。莫教此後成遺恨，把火罇前尚可攀。

天津感事

雲輕日淡天津暮，風急林疎洛水秋。獨步獨吟人莫會，時時鷗鷺下汀洲。
自古別都多隙地，參天喬木亂昏鴉。荒垣壞堵人耕處，半是前朝卿相家。
煙樹盡歸秋色裏，人家常在水聲中。數行旅雁斜飛去，一簇樓臺峭倚空。
着身靜處觀人事，放意閑中鍊物情。去盡風波存止水，世間何事不能平。
前朝無限貴公卿，後世徒能記姓名。唯此天津橋下水，古今都作一般聲。

閑居述事

花木四時分景致，經書千卷好生涯。有人若問閑居處，道德坊中第一家。

自況

滿天風月為官守，遍地雲山是事權。唯我敢開無意口，對人高道不妨言。

依韻酬福昌令有寄

道義相歡豈易親，古稱難處是知人。文章不結市朝士，榮辱非關雲水身。話入精詳皆物理，言無形迹盡天眞。他時洛社過從輩，圖諜中添又一隣。

歸洛城路遊龍門

無煩物象弄精神，世態何嘗不喜新。唯有前墀好風月，清光依舊屬閑人。

閑適吟

為士幸而居盛世，住家況復在中都。虛名浮利非我有，綠水青山何處無。選勝直宜尋美景，命儔須是擇吾徒。樂閑本屬閑人事，又與偷閑事更殊。

六尺眼前安樂身，四時爭忍負佳辰。溫涼氣候二八月，道義賓朋三五人。量力盃盤隨草具，開懷語笑任天眞。勸君似此清閑事，雖老何須更厭頻。

詔三下答鄉人不起之意

生平不作皺眉事，天下應無切齒人。斷送落花安用雨，裝添舊物豈須春。幸逢堯舜為眞主，且放巢由作外臣。六十病夫宜揣分，監司無用苦開陳。

依韻和劉職方見贈

造物工夫意自深，從吾所樂是山林。少因多病不干祿，老為無才難動心。花月靜時行水際，蕙風香處臥松陰。閑窗一覺從容睡，願當封侯與賜金。

崇德閣下答諸公不語禪

浩浩長空走日輪，何煩苦苦辨根塵。鵬程萬里非由駕，鶴算三千別有春。鉛錫點金終屬假，丹青畫馬要求眞。請觀風急天寒夜，誰是當門定脚人。

秋暮西軒

遶欄種菊一齊芳，戶牖軒窗總是香。得意不能無興詠，樂時況復遇豐穰。深秋景物隨宜好，
向老筋骸粗且康。飲罷何妨更登眺，爛霞堆裏有斜陽。

天津閑步

洛陽城裏任西東，二十年來放盡慵。故舊人多時款曲，京都國大體雍容。池平有類江湖上，
林靜或如山谷中。不必奇功蓋天下，閑居之樂自無窮。

閑行吟

長憶當年掃弊廬，未嘗三徑草荒蕪。欲為天下屠龍手，肯讀人間非聖書。否泰悟來知進退，乾坤見了識親疏。自從會得環中意，閑氣胸中一點無。投吳走越覓青天，殊不知天在眼前。開眼見時猶有病，舉頭尋處更無緣。顔淵正在如愚日，孟子方當不動年。安得功夫遊寶肆，愛人珠貝重憂錢。買卜稽疑是買疑，病深何藥可能醫。夢中說夢重重妄，牀上安牀疊疊非。列子御風徒有待，夸夫逐日豈無疲。勞多未有收功處，踏盡人間閑路岐。

春盡後園閑步

綠樹成陰日，黃鸝對語時。小渠初斂灔，新竹正參差。倚仗閒吟久，携童引步遲。好風知我意，故故向人吹。

洛下園池

洛下園池不閉門，洞天休用別尋春。縱遊只卻輸閑客，遍入何嘗問主人。更小亭欄花自好，儘荒臺榭景纔眞。虛名誤了無涯事，未必虛名總到身。

乞笛竹

洛人好種花，唯我如種竹。所好雖不同，其心亦自足。花止十日紅，竹能經歲綠。俱霑雨露恩，獨無霜雪辱。

重九日登石閣

事出一時間，時過事莫還。當時深可愛，過後不堪看。夏去休言暑，冬來始講寒。人能知此理，憂患自難干。

今歲重陽日，凭欄氣候遲。雲煙雖已淡，林木未全衰。天地開懷處，山川快眼時。欄干空倚遍，此意有誰知。

偶見吟

富貴多傲人，人情有時移。道德不傲人，人情久益歸。道德有常理，富貴無定期。蒿萊霜至委，松柏雪更滋。

世上多附炎，炎歇人自去。君子善處約，約久情自固。炎歇勢不迴，情固人不去。路人或如親，親人卻如路。

歡喜吟

行年六十一，筋骸未甚老。已為兩世人，便化豈為夭。況且粗康強，又復無憂撓。如何不喜歡，佳辰自不少。

寄亳州秦伯鎮兵部

人事紛紛積有年，何煩顰蹙向花前。萬般計較頭須白，饒了胸中不坦然。
雖貧無害日高眠，人不堪憂我自便。煆煉物情時得意，新詩還有百來篇。
天心復處是無心，心到無時無處尋。若謂無心便無事，水中何故不生金。
酒涵花影滿卮紅，瀉入天和胸臆中。最愛一般情味好，半醺時與太初同。

書皇極經世後

樸散人道立，法始乎羲皇。歲月易遷革，書傳難考詳。二帝啟禪讓，三王正紀綱。五伯杖形勝，七國爭強梁。兩漢驤龍鳳，三分走虎狼。西晉擅風流，羣凶來北荒。東晉事淸芬，傳馨宋齊梁。逮陳不足算，江表成悲傷。後魏乘晉弊，掃除幾小康。遷洛未甚久，旋聞東西將。北齊舉爝火，後周馳星光。隋能一統之，駕福于臣唐。五代如傳舍，天下徒擾攘。不有眞主出，何由奠中央。一萬里區宇，四千年興亡。五百主肇位，七十國開疆。或混同六合，或控制一方。或創業先後，或垂祚短長。或奮于將墜，或奪于已昌。或災興无妄，或福會不祥。或患生藩屏，或難起蕭牆。或病由脣齒，或疾亟膏肓。談笑萌事端，酒食開戰場。情慾之一發，利害之相戕。劇力恣吞噬，無涯罹禍殃。山川纔表裏，豆龍又荒凉。荆棘除難盡，芝蘭種未芳。龍蛇走平地，玉石碎崑岡。善設稱周孔，能齊是老莊。奈何言已病，安得意都忘。

履道會飲

衆人之所樂，所樂唯囂塵。吾友之所樂，所樂唯清芬。清芬無鼓吹，直與太古隣。太古者靡佗，和氣常絪緼。里閈舊情好，有才復有文。過從一日樂，十月生陽春。洛陽古神州，周公嘗縷陳。四時寒暑正，四方道里均。代不乏英俊，號為多縉紳。至于花與木，天下莫敢倫。而逢此之景，而當此之辰。而能開口笑，而世有幾人。清衷貫金石，劇談驚鬼神。天地為一指，富貴如浮雲。明時緩康濟，白晝閑經綸。莫如陪歡伯，又復對此君。商於六百里，黄金四萬斤，不能買兹樂，自餘惡足論。接䍦倒戴時，蟾蜍生海垠。小車倒載時，山翁歸天津。

小車行

喜醉豈無千日酒，惜春還有四時花。小車行處人歡喜，滿洛城中都似家。

偶書吟

風林無靜柯，風池無靜波。林池既不靜，禽魚當如何。

再答王宣徽

自有吾儒樂，人多不肯循。以禪為樂事，又起一重塵。

又

大達誠無礙，人人自有家。假花猶入念，何者謂眞花。

林下吟

老年軀體索溫存，安樂窩中別有春。萬事去心閑偃仰，四支由我任舒伸。庭花盛處凉鋪簟，簷雪飛時軟布裀。誰道山翁拙於用，也能康濟自家身。

生來未始事田疇，無歲無時長有秋。隨分盃盤俱是樂，等閑池館便成遊。風花雪月千金子，水竹雲山萬戶侯。欲俟河清人壽幾，兩眉能着幾多愁。

安樂窩中自訟吟

不向紅塵浪着鞭，唯求寡過尚無緣。虛更蘧瑗知非日，謬歷宣尼讀易年。髮到白時難受彩，心歸通後更何言。至陽之氣方為玉，猶恐鑽磨未甚堅。

雲

晴空碧於水，那得片雲飛。映日成丹鳳，隨風變白衣。去來皆絕迹，隱顯兩忘機。天理誰能測，終然何所歸。

秋日雨霽閑望

水冷雲疎霜意早，歲華雖晚黄花好。饒教四面遠山圍，奈何一片秋光老。上天生物固無私，聖人餘事人難曉。陳言生活不須矜，自是中才皆可了。

誡子吟

善過無佗在所存，小人君子此中分。改圖不害為君子，迷復終歸作小人。良藥有功方利病，白圭無玷始稱珍。欲成令器須追琢，過失如何不就新。

自古吟

自古大聖人，猶以為難事。而況後世人，豈復便能至。求之不勝難，得之至容易。千人萬人心，一人之心是。

知幸吟

雞職在司晨，犬職在守禦。二者皆有功，一歸于報主。我饑亦享食，我寒亦受衣。如何無纖毫，功德補于時。

知人吟

事到急時觀態度，人于危處露肝脾。深心厚貌平時可，慎勿便言容易知。

人生一世吟

前有億萬年，後有億萬世。中間一百年，做得幾何事。又況人之壽，幾人能百歲。如何不喜歡，強自生憔悴。

安樂窩中四長吟

安樂窩中快活人，閑來四物幸相親。一編詩逸收花月，一部書嚴驚鬼神。一炷香清沖宇泰，一樽酒美湛天眞。太平自慶何多也，唯願君王壽萬春。

安樂窩中詩一編

安樂窩中詩一編，自歌自詠自怡然。陶鎔水石閑勳業，銓擇風花靜事權。意去乍乘千里馬，興來初上九重天。歡時更改三兩字，醉後吟哦五七篇。直恐心通雲外月，又疑身是洞中仙。銀河洶湧翻晴浪，玉樹查牙生紫煙。萬物有情皆可狀，百骸無病不能蠲。命題濫被神相助，得句謬為人所傳。肯讓貴家常奏樂，寧慙富室賸收錢。若條此過知何限，因甚臺官獨未言。

安樂窩中一部書

安樂窩中一部書，號之皇極意何如。春秋禮樂能遺則，父子君臣可廢乎。浩浩羲軒開闢後，巍巍堯舜協和初。炎炎湯武干戈外，恟恟桓文弓劍餘。日月星辰高照耀，皇王帝伯大鋪舒。幾千百主出規制，數億萬年成楷模。治久便憂強跋扈，患深仍念惡驅除。才堪命世有時有，智可濟時無世無。既往盡歸閑指點，未來須俟別支梧。不知造化誰為主，生得許多奇丈夫。

安樂窩中一炷香

安樂窩中一炷香，凌晨焚意豈尋常。禍如許免人須諂，福若待求天可量。且異緇黃徼廟貌，又殊兒女裹衣裳。中孚起信寧煩禱，无妄生灾未易禳。虛室清泠都是白，靈臺瑩靜別生光。

觀風禦寇心方醉，對景顔淵坐正忘。赤水有珠涵造化，泥丸無物隔青蒼。生為男子仍身健，時遇昌辰更歲穰。日月照臨功自大，君臣庇廕效何長。非徒聞道至於此，金玉誰家不滿堂。

安樂窩中酒一樽

安樂窩中酒一罇，非唯養氣又頤眞。頻頻到口微成醉，拍拍滿懷都是春。何異君臣初際會，又同天地乍絪緼。醺酣情味難名狀，醞釀功夫莫指陳。斟有淺深存爕理，飲無多少寄經綸。鳳凰樓下逍遙客，郟鄏城中自在人。高閣望時花似錦，小車行處草如茵。卷舒萬世興亡手，出入千重雲水身。雨後靜觀山意思，風前閑看月精神。這般事業權衡別，振古英雄恐未聞。

安樂窩中好打乖吟

安樂窩中好打乖，打乖年紀合挨排。重寒盛暑多閉戶，輕暖初凉時出街。風月煎催親筆硯，鶯花引惹傍樽罍。問君何故能如此，祇被才能養不才。

年老逢春

年老逢春春正妍，春妍況在禁煙前。纔寒卻暖養花日，行雨便晴消酒天。進退罇罍宜有主，栽培桃李豈無權。清談已是歡情極，更把狂詩當管絃。
年老逢春認破春，破春不用苦傷神。身心自有安存地，草木焉能媚惑人。此日榮為他日瘁，今年陳是去年新。世間憂喜常相逐，多少酒能平得君。

雨後天津獨步

洛陽宮殿鎖晴煙，唐漢以來書可傳。多少升沉都不見，空餘四面舊山川。

禁煙留題錦屏山下

春半花開百萬般，東風近日惡摧殘。可憐桃李性溫厚，吹盡都無一句言。

安樂窩中吟

安樂窩中弄舊編，舊編將絕又重聯。燈前燭下三千日，水畔花間二十年。有主山河難占籍，無爭風月任收權。閑吟閑咏人休問，此箇功夫世不傳。

安樂窩中三月期，老來纔會惜芳菲。自知一賞有分付，誰讓黄金無孑遺。美酒飲教微醉後，好花看到半開時。這般意思難名狀，只恐人間都未知。

安樂窩中春暮時，閉門慵坐客來稀。蕭蕭微雨竹間霽，嘒嘒翠禽花上飛。好景盡將詩記錄，歡情須用酒維持。自餘身外無窮事，皆可掉頭稱不知。

安樂窩中春欲歸，春歸忍賦送春詩。雖然春老難牽復，卻有夏初能就移。飲酒莫教成酩酊，賞花慎勿至離披。人能知得此般事，焉有閑愁到兩眉。

善賞花吟

人不善賞花，只愛花之貌。人或善賞花，只愛花之妙。花貌在顏色，顏色人可效。花妙在精神，精神人莫造。

善飲酒吟

人不善飲酒，唯喜飲之多。人或善飲酒，唯喜飲之和。飲多成酩酊，酩酊身遂疴。飲和成醺酣，醺酣顏遂酡。

春去吟

春去休驚晚，夏來還喜初。殘芳雖有在，得似綠陰無。

大字吟

詩成半醉正陶陶，更用如椽大筆抄。儘得意時仍放手，到凝情處略濡毫。魯陽卻日功猶淺，宗慤乘風志未高。寫出太平難狀意，任佗天下頌功勞。

曝書吟

蟲蠹書害少，人蠹書害多。蟲蠹曝已去，人蠹當如何。

大筆吟

詩成大字書，意快有誰如。巨浪銀山立，風檣百尺餘。
酒喜小盃飲，詩快大字書。不知人世上，此樂更誰如。

月到梧桐上吟

月到梧桐上，風來楊柳邊。院深人復靜，此景共誰言。

清夜吟

月到天心處，風來水面時。一般清意味，料得少人知。

君子吟

君子存大體，小人無常心。於人不求備，受恩唯恐深。

安分吟

安分身無辱，知幾心自閑。雖居人世上，卻是出人間。

可必吟

可必人間唯善事，不由天地只由衷。莫嫌效遠因而止，更勉其來更有功。

恍惚吟

恍惚陰陽初變化，氤氳天地乍迴旋。中間些子好光景，安得功夫入語言。

天聽吟

天聽寂無音，蒼蒼何處尋。非高亦非遠，都只在人心。

小車吟

自從三度絕韋編，不讀書來十二年。大甃子中消白日，小車兒上看青天。閑為水竹雲山主，靜得風花雪月權。俯仰之間無所愧，任他人謗似神仙。

晚步吟

晚步上陽堤，手携笻竹枝。靜隨芳草去，閑逐野雲歸。月出松梢處，風來蘋末時，林間此光景，能有幾人知。

觀陳希夷先生真及墨迹

未見希夷眞，未見希夷蹟。止聞希夷名，希夷心未識。及見希夷蹟，又見希夷眞。始知今與古，天下長有人。希夷眞可觀，希夷墨可傳。希夷心一片，不可得而言。

秋閣吟

秋閣一凭欄，人心何悄然。乾坤今歲月，唐漢舊山川。淡泊霜前日，蕭疎雨後天。丹青空妙手，此意有誰傳。

力外吟

以少為多，以無為有。力外周旋，不能長久。

月陂閒步

因隨芳草行來遠，為愛清波歸去遲。獨步獨吟仍獨坐，初涼天氣未寒時。

天津弊居蒙諸公共為成買作詩以謝

重謝諸公為買園，買園城裹占林泉。七千來步平流水，二十餘家爭出錢。嘉祐卜居終是僦，熙寧受券遂能專。鳳凰樓下新閑客，道德坊中舊散仙。洛浦清風朝滿袖，嵩岑皓月夜盈軒。接籬倒戴芰荷畔，談麈輕搖楊柳邊。陌徹銅駝花爛熳，堤連金谷草芊綿。青春未老尚可出，紅日已高猶自眠。洞號長生宜有主，窩名安樂豈無權。敢於世上明開眼，會向人間別看天。盡送光陰歸酒盞，都移造化入詩篇。也知此片好田地，消得堯夫筆似椽。

愁恨吟

城裏住煙霞，天津小隱家。經書為事業，水竹是生涯。恨為雲遮月，愁因風損花。恨愁花月外，何暇更知他。

思省吟

仲尼再思，曾子三省。予何人哉，敢忘修整。

皇極經世一元吟

天地如蓋軫，覆載何高極。日月如磨蟻，往來無休息。上下之歲年，其數難窺測。且以一元言，其理尚可識。一十有二萬，九千餘六百。中間三千年，迄今之陳迹。治亂與廢興，著見于方策。吾能一貫之，皆如身所歷。

安樂窩前蒲柳吟

安樂窩前小曲江，新蒲細柳年年綠。眼前隨分好光陰，誰道人生多不足。

獨坐吟

天意自分明，人多不肯行。鶯花春乍暖，風月雨初晴。靜坐澄思慮，閑吟樂性情。誰能事閑氣，浪與世人爭。

極　論

下有黄泉上有天，人人許住百來年。還知虚過死萬遍，都似不曾生一般。要識明珠須巨海，如求良玉必名山。先能了盡世間事，然後方言出世間。

思慮吟

思慮未起，鬼神莫知。不由乎我，更由乎誰。

安樂吟

安樂先生，不顯姓氏。垂三十年，居洛之涘。風月情懷，江湖性氣。色斯其舉，翔而後至。無賤無貧，無富無貴。無將無迎，無拘無忌。窘未嘗憂，飲不至醉。收天下春，歸之肝肺。盆池資吟，瓮牖薦睡。小車賞心，大筆快志。或戴接籬，或着半臂。或坐林間，或行水際。樂見善人，樂聞善事。樂道善言，樂行善意。聞人之惡，若負芒刺。聞人之善，如佩蘭蕙。不佞禪伯，不諛方士。不出戶庭，直際天地。三軍莫凌，萬鍾莫致。為快活人，六十五歲。

甕牖吟

有客無知，唯知自守。自守無他，唯求寡咎。有屋數間，有田數畝。用盆為池，以甕為牖。
牆高于肩，室大于斗。布被暖餘，藜羹飽後。氣吐胸中，充塞宇宙。筆落人間，暉映瓊玖。
人能知止，以退為茂。我自不出，何退之有。心無妄思，足無妄走。人無妄交，物無妄受。
炎炎論之，甘處其陋。綽綽言之，無出其右。羲軒之書，未嘗去手。堯舜之談，未嘗虛口。
當中和天，同樂易友。吟自在詩，飲歡喜酒。百年升平，不為不偶。七十康強，不為不壽。

觀易吟

一物其來有一身，一身還有一乾坤。能知萬物備於我，肯把三才別立根。天向一中分體用，
人於心上起經綸。天人焉有兩般義，道不虛行只在人。

瞻禮孔子吟

執卷何人不讀書，能知性者又何如。工居天下語言內，妙出世間繩墨餘。陶冶有無天事業，權衡治亂帝功夫。大哉贊易修經意，料得生民以後無。

秦川吟

秦川兩漢帝王區，今日關東作帝都。多少聖賢存舊史，夕陽唯只見荒蕪。

觀事吟

一歲之事慎在春，一日之事慎在晨。一生之事慎在少，一端之事慎在新。

金玉吟

聖在人中出，心從行上修。金於砂裏得，玉向石中求。

君子吟

君子與義，小人與利。與義日興，與利日廢。
君子尚德，小人尚力。尚德樹恩，尚力樹敵。
君子作福，小人作威。作福福至，作威禍隨。
君子樂善，小人樂惡。樂惡惡至，樂善善歸。
君子好譽，小人好毀。好毀人怒，好譽人喜。

君子思興，小人思壞。思興召祥，思壞召㤥。
君子好與，小人好求。好與多喜，好求多憂。
君子好生，小人好殺。好生道行，好殺道絕。

先天吟

先天天弗違，後天奉天時。弗違無時虧，奉時有時疲。

又

若問先天一字無，後天方要着功夫。拔山蓋世稱才力，到此分毫強得乎。

無苦吟

平生無苦吟，書翰不求深。行筆因調性，成詩為寫心。詩揚心造化，筆發性園林。所樂樂吾樂，樂而安有淫。

擊壤吟

擊壤三千首，行窩二十家。樂天為事業，養志是生涯。出入將如意，過從用小車。人能知此樂，何必待紛華。

君子吟

君子之去，亦如其來。小人之來，亦如其去。既有恩情，且無怨怒。既有憎嫌，且無思慕。

罷吟吟

久欲罷吟詩，還驚意忽奇。坐中知物體，言外到天機。得句不勝易，成篇豈忍遺。安知千萬載，後世無宣尼。

失詩吟

胷中風雨吼，筆下龍蛇走。前後落人間，三千有餘首。

經世吟

羲軒堯舜，湯武桓文。皇王帝伯，父子君臣。四者之道，理限於秦。降及兩漢，又歷三分。東西俶擾，南北紛紜。五胡十姓，天紀幾棼。非唐不濟，非宋不存。千世萬世，中原有人。

未有吟

未有一分功，先立十分敵。所得無分毫，所喪無紀極。未有一分讓，先有十分爭。所喪者實事，所得者虛名。

誡子吟

至寶明珠非有纇，全珍良玉自無瑕。為珠為玉尚如此，何況為人多過差。
有過不能改，知賢不肯親。雖生人世上，未得謂之人。
周孔不足法，軻雄不足師。還同棄常饍，除是適蠻夷。

乾坤吟

意亦心所至，言須耳所聞。誰云天地外，别有好乾坤。
道不遠于人，乾坤只在身。誰能天地外，别去覓乾坤。

冬至吟

何者謂之幾，天根理極微。今年初盡處，明日未來時。此際易得意，其間難下辭。人能知此意，何事不能知。

善人吟

良如金玉，重如丘山。儀如鸞鳳，氣如芝蘭。

堯夫吟

堯夫吟，天下拙。來無時，去無節。如山川，行不徹。如江河，流不竭。如芝蘭，香不歇。如簫韶，聲不絕。也有花，也有雪。也有風，也有月。又溫柔，又峻烈。又風流，又激切。

人情吟

人達人情，無寡無廣。天下之事，如指諸掌。

誡子吟

鷄能警旦，馬能代行。犬能守禦，牛能力耕。人稟天地，萬物之靈。妬賢嫉能，不如不生。

有常吟

天地有常理，日月有常明。四時有常序，鬼神有常靈。聖人有常德，小人無常情。

人物吟

人盛必有衰，物生須有死。既見身前人，乃知身後事。身前人能興，身後事豈廢。興廢先言人，然後語天地。

多事吟

多事招憂，多疑招悶。多與招吝，多取招損。

答和吴傳正贊善

洛陽城裏一愚夫，十許年來不讀書。老去情懷難狀處，淡煙寒月映松疎。

安分吟

輕得易失，多謀少成。德無盡利，善無近名。

丁寧吟

人無忽略，事貴丁寧。忽略近薄，丁寧近誠。

冬至吟

冬至子之半，天心無改移。一陽初起處，萬物未生時，玄酒味方淡，大音聲正希。此言如不信，更請問庖犧。

太平吟

太平時世園亭內，豐稔歲年村落間。情味一般難狀處，風煙草木盡閑閑。

探春吟

草色依稀綠，花梢隱約紅。一般難道說，如醉在心中。

窺開吟

物理窺開後，人情照破時。一身都是我，瘦了又還肥。
物理窺開後，人情照破時。能將函谷塞，只用一丸泥。
物理窺開後，人情照破時。能將一箇字，善解百年迷。
物理窺開後，人情照破時。情中明事體，理外見天機。
物理窺開後，人情照破休。止堪初看望，不可久延留。
物理窺開後，人情照破時。欲知花爛漫，便是葉離披。

費力吟

事無巨細。人有得失。得之小心，失之費力。

自餘吟

身生天地後，心在天地前。天地自我出，自餘何足言。

至論吟

民于萬物已稱珍，聖向民中更出羣。介石不疑何盡日，知幾何患未如神。若無剛果難成善，既有精明又貴純。禍福兆時皆有漸，不由天地只由人。

首尾吟

共一百三十五首，錄二十首。

堯夫非是愛吟詩，安樂窩中坐看時，一氣旋回無少息，兩儀覆燾未嘗私。四時更革互為主，百物新陳爭效奇。享了許多家樂事，堯夫非是愛吟詩。

堯夫非是愛吟詩，安樂窩中得意時。志快不須求事顯，書成當自有人知。林泉且作酬心物，風月聊充藉手資。多少寬平好田地，堯夫非是愛吟詩。

堯夫非是愛吟詩，雖老精神未耗時。水竹清閑先據了，鶯花富貴又兼之。梧桐月向懷中照，楊柳風來面上吹。被有許多閑捧擁，堯夫非是愛吟詩。

堯夫非是愛吟詩，詩是堯夫詠史時。曠古第成千覺夢，中原都入一枰棋。唐虞玉帛煙光紫，湯武干戈草色萎。觀古事多今可見，堯夫非是愛吟詩。

堯夫非是愛吟詩，詩是堯夫贊仲尼。大事既去止可歎，皇綱已墜如何追。由兹春秋無義戰，所以定哀多微辭。絕筆獲麟之一句，堯夫非是愛吟詩。

堯夫非是愛吟詩，詩是堯夫自得時。風露清時收翠潤，山川秀處摘新奇。揄揚物性多存體，拂掠人情薄用辭。遺味正宜涵泳處，堯夫非是愛吟詩。

堯夫非是愛吟詩，詩是堯夫確論時。若以後時為失計，必將先手作知幾。三千賓客成何夢，百二山河付阿誰。弄巧既多翻作拙，堯夫非是愛吟詩。

堯夫非是愛吟詩，詩是堯夫髣髴時。寫字吟詩為潤色，通經達道是鎡基。經綸亦可為餘事，性命方能盡所為。可謂一生男子事，堯夫非是愛吟詩。

堯夫非是愛吟詩，詩是堯夫拍手時。此路清閑都屬我，這般喜歡更饒誰。將何勢力為憑藉，著甚言辭與指揮。遷怒餙非何更有，堯夫非是愛吟詩。

堯夫非是愛吟詩，詩是堯夫憶昔時。天下只知才可處，人間不信事難為。眼觀秋水斜陽遠，淚灑西風黃葉飛。此意如今都去盡，堯夫非是愛吟詩。

堯夫非是愛吟詩，詩是堯夫樂物時。天地精英都已得，鬼神情狀又能知。陶眞意向辭中見，借論言從意外移。始信詩能通造化，堯夫非是愛吟詩。

堯夫非是愛吟詩，詩是堯夫重惜時。西晋浮誇時可歎，南梁崇尚事堪悲。仲尼豈欲輕辭魯，孟子何嘗便去齊。儀鳳不來人老去，堯夫非是愛吟詩。

堯夫非是愛吟詩，詩是堯夫切慮時。千世萬世所遭遇，聖人賢人曾施為。當初何故盡有說，在後可能都沒辭。事既不同時又異，堯夫非是愛吟詩。

堯夫非是愛吟詩，詩是堯夫自得時。已把樂為心事業，更將安作道樞機。未來身上休思念，既入手中須指揮。迎刃何煩多顧慮，堯夫非是愛吟詩。

堯夫非是愛吟詩，詩是堯夫可愛時。已着意時仍着意，未加辭處與加辭。物皆有理我何者，天且不言人代之。代了天工無限說，堯夫非是愛吟詩。

堯夫非是愛吟詩，詩是堯夫盡性時。若聖與仁雖不敢，樂天知命又何疑。恢恢志意方閑暇，綽綽情懷正坦夷。心逸口休難狀處，堯夫非是愛吟詩。

堯夫非是愛吟詩，詩是堯夫用畜時。史籍始終明治亂，經書表裏見安危。庖犧可作三才主，孔子當為萬世師。不止前言與往行，堯夫非是愛吟詩。

堯夫非是愛吟詩，詩是堯夫擲筆時。事體順時為物理，人情安處是天機。堅如金石猶能動，靈若鬼神何可欺。此外更無言語道，堯夫非是愛吟詩。

堯夫非是愛吟詩，詩是堯夫掩卷時。時過猶能用歸妹，物傷長懼入明夷。夏商盛日何由見，唐漢衰年爭忍思。畎畝不忘天下處，堯夫非是愛吟詩。

堯夫非是愛吟詩，詩是堯夫無必時。或讓或爭時既往，相因相革事難齊。羲軒堯舜前規矩，湯武桓文舊範圍。一筆寫成還抹了，堯夫非是愛吟詩。

朱晦菴別傳

朱熹，字元晦，一字仲晦，徽州婺源人。父松韋齋，以不附和議忤秦檜，去國，寓居於閩。先生十四歲喪父，奉遺命稟學於劉勉之、劉子翬、胡憲三人之門。十九歲，登進士第，授泉州同安主簿，始師事延平李侗愿中。二十八歲，同安罷歸，請祠祿，養母家居。三十八歲，訪張栻敬夫於長沙，留三閱月而歸。四十歲，喪母。四十六歲，呂祖謙伯恭來訪，相與共選近思錄。平生交游講學，蓋與張、呂兩人為最密。四十九歲，始復出，知南康軍事。後又任提舉浙東常平茶鹽，知漳州、潭州，連前同安簿知南康軍凡五任九考。六十五歲，任寧宗經筵侍講，先後四十日。忤韓侂胄，乞休致。遭「偽學」禁。落職罷祠。年七十一卒。先生生於南安之尤溪。既孤，韋齋友劉子羽為築室崇安之五夫里居之。以徽州有紫陽山，韋齋曾刻「紫陽書堂」印章，遂榜其聽事曰紫陽書堂。四十一歲築草堂於建陽天湖山之寒泉塢，曰寒泉精舍，蓋近其母之葬地。又築草堂於建陽蘆峯山，更名曰雲谷，榜曰晦菴，又自稱雲谷老人。五十四歲歸自浙東，學者嚮附雲集，始結廬於武夷之五曲，曰武夷精舍。六十三歲自漳州歸，又築室於建陽之考亭，建精舍於東，匾曰竹林，後更曰滄洲。自號滄洲病叟。遇禁錮，更號遯翁。家故貧，簞瓢屢空，晏如也。諸生自遠至，豆飯藜羹，與之共。往往稱貸於人；非道義，則一介不取。著書有易本義、啟蒙、詩集傳、論語孟子集註、大學中庸章句、太極圖通書西銘解、楚辭集註、辨證、韓文考異，及論孟學庸或問、小學書、通鑑綱目、宋名臣言行錄、近思錄、河南程氏遺書、伊洛淵源錄等數十種，皆行於世。其文集有百卷，續集、別集又二十一卷。生徒問答語類一百四十卷。及門黃幹為行狀，稱之曰：「自孔、孟以下千有餘年，微言幾絕，周、程、張子崛起，未百年，踳駁尤甚。先生出，而自周以來相傳之道，一旦豁然，如日月中天，昭晰呈露。」李方子亦曰：「語、孟二書，世所誦習，為之說者亦多，而析理未精，釋言未備。大學、中庸，至程子始表章之。先生蒐集先儒之說，斷以己意，妙得聖人之本旨，昭示斯道之標的。由是以窮諸經，訂羣史，以及百世之書，數千年間世道學術、議論文詞之變，皆若身親歷於其間而耳接目覩焉者。合濂、洛之正傳，紹鄒、魯之墜緒，前聖後賢之道，該徧全備，集其大成。起斯文於將墜，覺來裔於無窮，雖與天壤俱弊可也。」初，先生與呂伯恭會陸子壽、子靜兄弟於江西信州之鵝湖寺，論學不合。嗣又晤子壽於鉛山，晤子靜於廬阜。而終以辨「無極」、「太極」與子靜相分裂。此後理學界遂爭「朱陸異同」。及王伯安起，見稱為「程朱」、「陸王」，為理學界不可彌縫一大公案。其詩雅澹和平，淵源選體。胡應麟稱南宋古體當推朱元晦。沈欒城句：「花月平章二百載，詩名終是首文公。」

晦菴詩鈔

遠游篇　十九歲作

舉坐且停酒，聽我歌遠游。遠游何所至，咫尺視九州。九州何茫茫，環海以為疆。上有孤鳳翔，下有神駒驤。孰能不憚遠，為我游其方。為子奉尊酒，擊鋏歌慨慷。送子臨大路，寒日為無光。悲風來遠壑，執手空徊徨。問子何所之，行矣戒關梁。世路百險艱，出門始憂傷。東征憂暘谷，西遊畏羊腸。南轅犯癘毒，北駕風裂裳。願子馳堅車，躐險摧其剛。峨峨既不支，瑣瑣誰能當。朝登南極道，暮宿臨太行。睥睨即萬里，超忽淩八荒。無為蹩躠者，終日守空堂。

教思堂作示諸同志

吏局了無事，横舍終日閑。庭樹秋風至，凉氣滿窗間。高閣富文史，諸生時往還。縱談忽忘倦，時觀非云慳。詠歸同與點，坐忘庶希顔。塵累日以銷，何必棲空山。

示諸同志

夏木已云暗，時禽變新聲。林園草被徑，端居有餘清。端居亦何為，日夕掩柴荆。静有絃誦樂，而無塵慮并。良朋肯顧予，尚有夙心傾。深慚未聞道，折衷非所寧。眷焉撫流光，中夜歎以驚。高山徒仰止，遠道何由征。

再至同安假民舍以居示諸生

端居託窮巷，廩食守微官。事少心慮怡，吏休庭宇寬。晨興吟誦餘，體物隨所安。杜門不復出，悠然得眞歡。良朋夙所敦，精義時一殫。壺餐雖牢落，此亦非所難。

仁術

在昔賢君子，存心每欲仁。求端從有術，及物豈無因。惻隱來何自，虛明覺處眞。擴充從此念，福澤遍斯民。入井倉皇際，牽牛觳觫辰。向來看楚越，今日備吾身。

困學二首

舊喜安心苦覓心，捐書絕學費追尋。困衡此日安無地，始覺從前枉寸陰。
困學工夫豈易成，斯名獨恐是虛稱。傍人莫笑標題誤，庸行庸言實未能。

克己

寶鑑當年照膽寒，向來埋沒太無端。祇今垢盡明全見，還得當年寶鑑看。

曾點

春服初成麗景遲，步隨流水玩晴漪。微吟緩節歸來晚，一任輕風拂面吹。

春日

勝日尋芳泗水濱，無邊光景一時新。等閑識得東風面，萬紫千紅總是春。

春日偶作

聞道西園春色深，急穿芒屩去登臨。千葩萬蕊爭紅紫，誰識乾坤造化心。

觀書有感二首

半畝方塘一鑑開，天光雲影共徘徊。問渠那得清如許，為有源頭活水來。
昨夜江邊春水生，蒙衝巨艦一毛輕。向來枉費推移力，此日中流自在行。

題西林院壁

巾屨翛然一鉢囊，何妨且住贊公房。卻嫌宴坐觀心處，不奈簷花抵死香。

題西林可師達觀軒

窈窕雲房深復深，層軒俄此快登臨。卷簾一目遙山碧，底是高人達觀心。

再　題

古寺重來感慨深，小軒仍是舊窺臨。向來妙處今遺恨，萬古長空一片心。

示西林可師二首

身世年來欲兩忘，一春隨意住僧房。行逢舊隱低回久，綠樹鶯啼清晝長。
幽居四畔只空林，啼鳥落花春意深。獨宿塵龕無夢寐，五更山月照寒衾。

聞二十八日之報喜而成詩七首　錄二

胡馬無端莫四馳，漢家元有中興期。旃裘喋血淮山寺，天命人心合自知。
渡淮諸將已爭馳，兎脱鷹揚不會期。殺盡殘胡方反斾，里閭元未有人知。

壽母生朝

秋風蕭爽天氣凉，此日何日升斯堂。堂中老人壽而康，紅顔緑鬓雙瞳方。家貧兒癡但深藏，
五年不出門庭荒。竈陘十日九不煬，豈辦甘脆陳壺觴。低頭包羞汗如漿。老人此心久已忘，
一笑謂汝庸何傷。人間榮耀豈可常，惟有道義思無疆。勉勵汝節彌堅剛，熹前再拜謝阿娘。
自古作善天降祥，但願年年似今日，老萊母子俱徜徉。

夏日二首

端居倦時暑，竟日掩柴門。窗風遠飄至，竹樹清陰繁。靜有圖史樂，寂無車馬喧。兹焉愜所

尚，難與世人論。

季夏園木暗，窗戶貯淸陰。長風一掩苒，衆綠何蕭槮。玩此消永晝，冷然滌幽襟。俯仰無所為，聊復得此心。

汲淸泉漬奇石置熏爐其後香烟被之江山雲物居然有萬里趣因作四小詩

晴窗出寸碧，倒影媚中川。雲氣一吞吐，湖江心渺然。

一水渺空闊，羣山中接連。寒陰白霧湧，飛度碧峯前。

隱几對寒碧，忘言心自閑。豈知宜寂士，滅跡靑峯間。

吟餘忽自笑，老矣方好弄。慨然思古人，尺璧寸陰重。

偶題三首

門外青山翠紫堆，幅巾終日面崔嵬。只看雲斷成飛雨，不道雲從底處來。

擘開蒼峽吼奔雷，萬斛飛泉湧出來。斷梗枯槎無泊處，一川寒碧自縈回。

步隨流水覓溪源，行到源頭卻惘然。始悟眞源行不到，倚笻隨處弄潺湲。

挽延平李先生三首

河洛傳心後，毫釐復易差。淫辭方眩俗，夫子獨名家。本本初無二，字字自不邪。誰知經濟業，零落舊煙霞。

聞道無餘事，窮居不計年。簞瓢渾謾與，風月自悠然。灑落濂溪句，從容洛社篇。平生行樂地，今日但新阡。

岐路方南北，師門數仞高。一言資善誘，十載笑徒勞。斬板今來此，懷經痛所遭。有疑無與析，揮淚首頻搔。

用西林舊韻二首

一自籃輿去不回，故山空鎖舊池臺。傷心觸目經行處，幾度親陪杖屨來。
上疏歸來空皂囊，未妨隨意宿僧房。舊題歲月那堪數，慙愧平生一瓣香。

奉同張敬夫城南二十詠

納　湖

詩筒連畫卷，坐看復行吟。想像南湖水，秋來幾許深。

東渚

小山幽桂叢，歲暮藹佳色。花落洞庭波，秋風渺何極。

詠歸橋

綠漲平湖水，朱欄跨小橋。舞雩千載事，歷歷在今朝。

船齋

考槃雖在陸，滉瀁水雲深。正爾滄洲趣，難忘魏闕心。

麗澤堂

堂後林陰密，堂前湖水深。感君懷我意，千里夢相尋。

蘭澗

光風浮碧澗，蘭杜日猗猗。竟歲無人采，含薰祇自知。

書樓

君家一編書，不自杷上得。石室寄林端，時來玩幽賾。

山齋

藏書樓上頭，讀書樓下屋。懷哉千載心，俯仰數椽足。

蒙　軒

先生湖海姿，蒙養今自闞。銘坐仰先賢，點畫存彖繫。

石　瀨

疎此竹下渠，漱彼澗中石。暮館繞寒聲，秋空動澄碧。

卷雲亭

西山雲氣深，徙倚一舒歗。浩蕩忽搴開，為君展遐眺。

柳堤

渚華初出水，堤樹亦成行。吟罷天津句，薰風拂面涼。

月樹

月色三秋白，湖光四面平。與君淩倒景，上下極空明。

濯清

涉江采芙蓉，十反心無斁。不遇無極翁，深衷竟誰識。

西嶼

朝吟東渚風，夕弄西嶼月。人境諒非遥，湖山自幽絶。

淙琤谷

湖光湛不流，嵌竇亦潛注。倚杖忽淙琤，竹深無覓處。

聽雨舫

綵舟停畫槳，容與得欹眠。夢破蓬窗雨，寒聲動一川。

梅堤

仙人冰雪姿，貞秀絶倫擬。驛使詎知聞，尋香問煙水。

采菱舟

湖平秋水碧，桂棹木蘭舟。一曲菱歌晚，驚飛欲下鷗。

南　阜

高丘復層觀，何日去登臨。一目長空盡，寒江列暮岑。

送吳茂實

朝市令人昏，山林使人傲。誰知昏傲兩俱非，但說山林是高蹈。

趙君擇携琴載酒見訪分韻得琴字

山城夜寥闃，虚堂香沉沉。王孫有高趣，挈榼來相尋。喜兹煩抱舒，未覺杯酒深。
一為塵外想，再撫丘中琴。餘音殷雷動，爽籟悲龍吟。寄謝箏笛耳，寧知山水音。

感　懷

經濟夙所尚，隱淪非素期。幾年霜露感，白髮忽已垂。鑿井北山阯，耕田南澗湄。乾坤極浩蕩，歲晚將何之。

齋居感興二十首

余讀陳子昂感寓詩，愛其詞旨幽邃，音節豪宕，非當世詞人所及。如丹砂、空青、金膏、水碧，雖近乏世用，而實物外難得自然之奇寶。欲效其體作十數篇，顧以思致平凡，筆力萎弱，竟不能就。然亦恨其不精於理，而自託於僊佛之間以為高也。齋居無事，偶書所見，得二十篇，雖不能探索微眇，追迹前言，然皆切於日用之實，故言亦近而易知。既以自警，且以貽諸同志云。

昆侖大無外，旁薄下深廣。陰陽無停機，寒暑互來往。皇犧古神聖，妙契一俯仰。不待窺馬圖，人文已宣朗。渾然一理貫，昭晰非象罔。珍重無極翁，為我重指掌。

吾觀陰陽化，升降八紘中。前瞻既無始，後際那有終。至理諒斯存，萬世與今同。誰言混沌死，幻語驚盲聾。

人心妙不測，出入乘氣機。凝冰亦焦火，淵淪復天飛。至人秉元化，動靜體無違。珠藏澤自媚，玉韞山含暉。神光燭九垓，玄思徹萬微。塵編今寥落，歎息將安歸。

靜觀靈臺妙，萬化此從出。云胡自蕪穢，反受眾形役。厚味紛朵頤，妍姿坐傾國。崩奔不自悟，馳騖靡終畢。君看穆天子，萬里窮轍迹。不有祈招詩，徐方御宸極。

涇舟膠楚澤，周綱已陵夷。況復王風降，故宮黍離離。玄聖作春秋，哀傷實在茲。祥麟一以踣，反袂空漣洏。漂淪又百年，僭侯荷爵珪。王章久已喪，何復嗟歎為。馬公述孔業，託始有餘悲。拳拳信忠厚，無乃迷先幾。

東京失其御，刑臣弄天綱。西園植姦穢，五族沉忠良。青青千里草，乘時起陸梁。當塗轉凶悖，炎精遂無光。桓桓左將軍，仗鉞西南疆。伏龍一奮躍，鳳雛亦飛翔。祀漢配彼天，出師驚四方。天意竟莫回，王圖不偏昌。晉史自帝魏，後賢盍更張。世無魯連子，千載徒悲傷。

晉陽啟唐祚，王明紹巢封。垂統已如此，繼體宜昏風。麀聚瀆天倫，牝晨司禍凶。乾綱一以墜，天樞遂崇崇。淫毒穢宸極，虐焰燔蒼穹。向非狄張徒，誰辨取日功。云何歐陽子，秉筆迷至公。唐經亂周紀，凡例孰此容。侃侃范太史，受說伊川翁。春秋二三策，萬古開羣蒙。

朱光偏炎宇，微陰眇重淵。寒威閉九野，陽德昭窮泉。文明昧謹獨，昏迷有開先。幾微諒難忽，善端本綿綿。掩身事齋戒，及此防未然。閉關息商旅，絕彼柔道牽。

微月墮西嶺，爛然眾星光。明河斜未落，斗柄低復昂。感此南北極，樞軸遙相當。太一有常居，仰瞻獨煌煌。中天照四國，三辰環侍旁。人心要如此，寂感無邊方。

放勛始欽明，南面亦恭己。大哉精一傳，萬世立人紀。猗歟歎日躋，穆穆歌敬止。戒燮光武烈，待旦起周禮。恭維千載心，秋月照寒水。魯叟何常師，刪述存聖軌。

吾聞包犧氏，爰初闢乾坤。乾行配天德，坤布協地文。仰觀玄渾周，一息萬里奔。俯察方儀靜，隤然千古存。悟彼立象意，契此入德門。勤行當不息，敬守思彌敦。

大易圖象隱，詩書簡編訛。禮樂矧交喪，春秋魚魯多。瑤琴空寶匣，絃絕將如何。興言理餘韻，龍門有遺歌。（程子晚居龍門之南。）

顏生躬四勿，曾子日三省。中庸首謹獨，衣錦思尚絅。偉哉鄒孟氏，雄辯極馳騁。操存一言要，為爾挈裘領。丹青著明法，今古垂煥炳。何事千載餘，無人踐斯境。

元亨播羣品，利貞固靈根。非誠諒無有，五性實斯存。世人逞私見，鑿智道彌昏。豈若林居子，幽探萬化原。

飄飄學仙侶，遺世在雲山。盜啟元命祕，竊當生死關。金鼎蟠龍虎，三年養神丹。刀圭一入口，白日生羽翰。我欲往從之，脫屣諒非難。但恐逆天道，偷生詎能安。

西方論緣業，卑卑喻羣愚。流傳世代久，梯接凌空虛。顧盼指心性，名言超有無。捷徑一以開，靡然世爭趨。號空不踐實，躓彼榛棘途。誰哉繼三聖，為我焚其書。

聖人司教化，黌序育羣才。因心有明訓，善端得深培。天敍既昭陳，人文亦褰開。云何百代下，學絕教養乖。羣居競葩藻，爭先冠倫魁。淳風反淪喪，擾擾胡為哉。童蒙貴養正，孫弟乃其方。雞鳴咸盥櫛，問訊謹暄凉。奉水勤播灑，擁篲周室堂。進趨極虔恭，退息常端莊。劬書劇嗜炙，見惡逾探湯。庸言戒龘誕，時行必安詳。聖途雖云遠，發軔且勿忙。十五志于學，及時起高翔。哀哉牛山木，斤斧日相尋。豈無萌蘖在，牛羊復來侵。恭惟皇上帝，降此仁義心。物欲互攻奪，孤根孰能任。反躬艮其背，肅容正冠襟。保養方自此，何年秀穹林。玄天幽且默，仲尼欲無言。動植各生遂，德容自清溫。彼哉夸毗子，呫囁徒啾喧。但逞言辭好，豈知神監昏。曰余昧前訓，坐此枝葉繁。發憤求刊落，奇功收一原。

卜居

卜居屏山下，俯仰三十秋。終然村墟近，未愜心期幽。近聞西山西，深谷開平疇。茆茨十數家，清川可行舟。風俗頗淳朴，曠土非難求。誓捐三徑資，往遂一壑謀。伐木南山巔，結廬北山頭。耕田東溪岸，濯足西溪流。朋來即共懽，客去成孤遊。靜有山水樂，而無身世憂。

著書俟來哲，補過希前脩。茲焉畢暮景，何必營菟裘。

鵝湖寺和陸子壽

德義風流夙所欽，別離三載更關心。偶扶藜杖出寒谷，又枉藍輿度遠岑。舊學商量加邃密，新知涵養轉深沉。卻愁說到無言處，不信人間有古今。

奉題張敬夫春風樓

隆堂謹前規，傑閣聳奇觀。憑欄俯江山，極目眇雲漢。主人沂上翁，顧肯吟澤畔。俛仰一喟然，沖融無間斷。我來抑何幸，屢此承晤歎。平生滯吝胸，砉若層冰泮。繼今兩切切，保合勤旦旦。萬事儘紛綸，吾道一以貫。

二詩奉酬敬夫贈言并以為别

我行二千里，訪子南山陰。不憂天風寒，況憚湘水深。辭家仲秋旦，税駕九月初。問此為何時，嚴冬歲云徂。勞君步玉趾，送我登南山。南山高不極，雪深路漫漫。泥行復幾程，今夕宿櫧州。明當分背去，惆悵不得留。誦君贈我詩，三歎增綢繆。厚意不敢忘，為君商聲謳。昔我抱冰炭，從君識乾坤。始知太極藴，要眇難名論。謂有寧有迹，謂無復何存。惟應酬酢處，特達見本根。萬化自此流，千聖同茲源。曠然遠莫禦，惕若初不煩。云何學力微，未勝物欲昏。涓涓始欲達，已被黄流吞。豈知一寸膠，救此千丈渾。勉哉共無斁，此語期相敦。

同林擇之范伯崇歸自湖南袁州道中多奇峯秀木怪石清泉請人賦一篇

我行宜春野，四顧多奇山。攢巒不可數，峭絕誰能攀。上有青葱木，下有清冷灣。更憐灣頭石，一一神所剜。衆目共遺棄，千秋保堅頑。我獨抱孤賞，喟然起長歎。

有懷南軒老兄呈伯崇擇之二友二首

憶昔秋風裏，尋盟湘水傍。勝遊朝挽袂，妙語夜連牀。別去多遺恨，歸來識大方。惟應微密處，獨欲細商量。

積雨芳菲暗，新晴始豁然。園林媚幽獨，窗戶愜清妍。晤語心何遠，（謂日與擇之講論。）書題意未宣。（謂數收伯崇近書。）懸知今夜月，同夢舞雩邊。

送林熙之詩五首　錄二

君行往返一千里，過我屏山山下村。濁酒寒燈靜相對，論心直欲到無言。

仁體難明君所疑，欲求直截轉支離。聖言妙緼無窮意，涵泳從容只自知。

遊密菴

弱齡慕丘壑，茲山屢遊盤。朝躋青冥外，暮陟浮雲端。晴嵐染襟裾，水石清肺肝。俯仰未云已，歲月如飛翰。中年塵霧牽，引脰空長歎。曠歲一登歷，心期殊未闌。矧此親友集，笑談有餘歡。結架迫彎碕，徙倚臨奔湍。共惜前古祕，今為後來觀。落景麗雲木，回風馥秋蘭。林昏景益佳，悵然撫歸鞍。諒哉故山好，莫遣茲盟寒。

立春大雪邀劉圭甫諸兄遊天湖

同雲被四野，寒氣慘悲凉。回風一以定，密雪來飄揚。時當冬候窮，開歲五日彊。蓬巷無與適，陟此瓊臺岡。賓友既追隨，兒童亦携將。攀躋得冢頂，徙倚聊彷徨。俯視千里空，仰看萬鶴翔。遠迷亂峯翠，近失平林蒼。偃薄瑩神骨，咀嚥淸肝腸。朗詠招隱作，悲吟黃竹章。古人不可見，來者誰能量。且復記茲日，他年亦難忘。

寄吴公濟兼簡李伯諫五首　録四

客子歸來春未深，祗因寒雨罷登臨。閑窗竟日焚香坐，一段孤明見此心。
三徑莓苔晝掩關，君來問道卻空還。從今蠟屐應無恙，有興何妨再入山。
繁絃急筦盛流傳，淸廟遺音久絶弦。欲識寥寥千古意，莫將新語勘塵編。
憶昔殊方久滯淫，年深歸路始駸駸。傍人欲問簞瓢樂，理義誰知悦我心。

將游雲谷約同行者

躋險擇幽棲，搴蘿結茅屋。疏泉下石澳，種樹滿煙谷。時登北原上，一騁千里目。雲物下逶迤，岡巒遠重複。暫辭忽曠歲，再往恨牽俗。因悲昨游侶，或已在鬼錄。暄風悟新陽，一雨欣衆緑。明發君莫遲，幽期我當卜。

九月六日早發潭溪夜登雲谷翌旦賦此

懷山不能寐，中宵命行軒。亭午息畏景，薄暮登危巒。峻極踰百磴，縈紆欲千盤。行行遂曛黑，月落天風寒。羽人候中塗，良朋集林端。問我何所迫，而嘗茲險艱。疲勞既云極，飢渴不能言。投裝臥中丘，幸此一室寬。怒號竟永夕，客枕無時安。旦起闢幽戶，竹樹青檀欒。驚喜非昔覩，披尋得新觀。淹留十日期，俯仰有餘歡。寄語後來子，勿辭行路難。

雲谷雜詩十二首

登山

夕陽翳東峯，微月下西嶺。不辭靑鞋穿，陟此巖路永。巖路永且躋，中情何耿耿。

値風

山下風吹衣，山上風拔木。茅茨何足保，瀛海慮翻覆。未念執鬯人，無心還自悳。（見易傳震卦。）

翫月

風起雲氣昏，風定天宇肅。遙遙萬里暉，烱烱穿我屋。良友共徘徊，山中詎幽獨。

謝客

野人載酒來，農談日西夕。此意良已勤，感歎情何極。歸去莫頻來，林深山路黑。

勞農

四體久不勤，筋力坐駑緩。何事兩山阿，離離豆苗滿。多謝植杖翁，居然見長短。

講道

高居遠塵雜，崇論探杳冥。亹亹玄運駛，林林羣動爭。天道固如此，吾生安得寧。

懷人

吾黨二三子，欲來從我遊。塵機諒擾擾，遐諾終悠悠。空山日復晚，佇立悵夷猶。

倦遊

故人千里別，約我仍丹丘。云何一解散，書到令人愁。此山非不幽，何必賦遠遊。

修書

紬書厭塵累，執簡投雲關。靈鑰啟玄祕，肅斧鋤幽姦。書成莫示人，留置此山間。

宴坐

登山思未窮，臨水心未厭。沉痾何當平，膏肓今自砭。默坐秋堂空，遐觀靡餘念。

下山

行隨流水聲，步出哀壑底。綠樹枝相樛，白澗石齒齒。樹石無窮年，流水日千里。

還家

出去柴門掩，歸來蕙草秋。素萼林下吐，清芬衣上浮。欲寄山中友，日暮悵離憂。

雲谷合記事目效俳體戲作三詩寄季通

雲關須早築，基趾要堅牢。栽竹行教密，穿池岸欲高。乘春移菡萏，帶雪覓蕭槮。（謂杉徑也。）更向關門外，疏泉斬亂蒿。

堂成今六載，上雨復旁風。逐急添茆蓋，連忙畢土功。（謂柱下貼塼。）桂林何日秀，蘭逕幾時通。並築雙臺子，東山接水筒。

莊舍宜先立，山楹卻漸營。泉疏藥圃潤，堰起石池清。早印荒田契，仍標別戶名。想應頻檢

校，衹恐欠方兄。

日用自警示平父

圓融無際大無餘，即此身心是太虛。不向用時勤猛省，卻於何處味眞腴。尋常應對尤須謹，

造次施為更莫疎。一日洞然無別體，方知不枉費功夫。

秋日同廖子晦劉淳叟方伯休劉彥集登天湖下飲

泉石軒以山水含清暉分韻賦詩得清字

閒居寡儔侶，掩關抱孤清。良友倏來止，曠然舒我情。矧此涼秋初，暑退裳衣輕。相與一携

手，東山眇遐征。前穿林嶺幽，俯瞰川原平。降集崖寺古，徘徊濁醪傾。長吟伐木篇，潛鱗亦相驚。願結沮溺耦，窮年此巖耕。

雲谷次吴公濟韻

昔營此幽棲，邈與世相絕。誓將百年身，來守固窮節。心期苦未遂，歲月一何濶。終然匹夫志，肯遽甘沒沒。茲晨復登瞰，目盡雲一抹。激烈永嘯餘，朗寥高韻發。夫君内德備，不學王駘兀。觀心見參倚，出世自英傑。揭來肯顧我，同去弄雲月。微言得深扣，大句亦孤拔。多謝警疎慵，未敢歎瞻忽。更問毫釐間，是同端是別。

崇壽客舍夜聞子規得三絕句寫呈平父兄煩為轉寄彥集兄及兩縣間諸親友　録二

空山初夜子規鳴，靜對琴書百慮清。喚得形神兩超越，不知底是斷腸聲。

空山中夜子規啼，病怯餘寒覓故衣。不為明時堪眷戀，久知岐路不如歸。

屢遊廬阜欲賦一篇而不能就六月中休董役臥龍偶成此詩

登車閩嶺徼，息駕康山陽。康山高不極，連峯鬱蒼蒼。金輪西嵯峨，五老東昂藏。想像仙聖集，似聞笙鶴翔。林谷下淒迷，雲關杳相望。千巖雖競秀，二勝終莫量。仰瞻銀河翻，俯看交龍驤。長吟謫仙句，和以玉局章。疇昔勞夢思，茲今幸徜徉。尚恨忝符竹，未愜棲雲房。已尋兩峯間，結屋依陽岡。上有飛瀑駛，下有清流長。循名協心期，弔古增悲涼。壯齒乏奇節，頹年矧昏荒。誓將塵土蹤，暫寄雲水鄉。封章儻從欲，歸哉濯滄浪。

卧龍之遊得秋字賦詩紀事呈同遊諸名勝聊發一笑

躡石度急澗，窮源得靈湫。谽谺兩對立，噴薄中怒投。何年避人世，結屋棲巖陬。嘉名信有託，故迹誰能求。我來一經行，淒其仰前脩。鄰翁識此意，伐木南山幽。為我立精舍，開軒俯清流。多岐諒匪安，一壑眞良謀。解組云未遂，驅車且來遊。嘉賓頗蟬聯，野蔌更獻酬。飲罷不知晚，欲去還淹留。躋攀已別峯，窺臨忽滄洲。下集西澗底，沉吟樹相樛。玉淵茗飲餘，三峽空尊愁。懷賢既伊鬱，感事增綢繆。前旌向城郭，回首千峰秋。

尋白鹿洞故址愛其幽邃議復興建感歎有作

清泠寒澗水，窈窕青山阿。昔賢有幽尚，眷言此婆娑。事往今幾時，高軒絕來過。學館空廢址，鳴絃息遺歌。我來勸相餘，杖策搴綠蘿。謀野欣有獲，披圖知匪訛。永懷當年盛，莘莘衿佩多。博約感明恩，涵濡熙泰和。淒涼忽荒榛，俯仰驚頹波。發教逮綱紀，喟然心靡它。
伐木循陰岡，結屋依陽坡。一朝謝塵濁，歸哉碩人薖。（時已疏上尚書乞洞主矣。）

遊白鹿洞熹得謝字賦呈元範伯起之才三兄并示
諸同遊者

歲月有環周，窮臘忽受謝。眷眷山水心，幸此朱墨暇。招呼得良友，邂逅成夙駕。深尋故轍
迹，喜見新結架。永懷拾遺公，藏器此待價。橫流詩書澤，下及楊李霸。炎神撫興運，制作
流大化，石室萬卷藏，綸言九天下。規模未云遠，荒茀良可詫。自非賢邑宰，誰復此精舍。
會當求敕賜，畢願老耕稼。更與盡心期，臨流抗風榭。

次卜掌書落成白鹿佳句

重營舊館喜初成，要共羣賢聽鹿鳴。三爵何妨奠蘋藻，一編詎敢議明誠。深源定自閑中得，妙用元從樂處生。莫問無窮菴外事，此心聊與此山盟。

次韻四十叔父白鹿之作

誅茅結屋想前賢，千載遺蹤尚宛然。故作軒窗挹蒼翠，要將絃誦答潺湲。諸郎有志須精學，老子無能但欲眠。多少箇中名教樂，莫談空諦莫求仙。

次張彥輔西原之作

無處堪投跡，空山寄一椽。懸門窺絕壁，繚徑上層巓。檻瀾吞江浪，窗虛響谷泉。丹經閑自讀，不為學神仙。

登廬峯二首

循磵躋危磴，披雲得勝遊。蓬茅增舊葺，竹樹喜新稠。夢想三秋別，徘徊十日留。餘年端可料，此地欲長休。

佳友紛來集，欣然會宿心，風泉陪徙倚，雲月共窺臨。雅唱情俱勝，微言思獨深。茲遊非逸豫，邂逅得良箴。

遊密菴分韻賦詩得清字

誤落塵中歲序驚，歸來猶幸此身輕。便將舊友尋山去，更喜新詩取意成。暖翠乍看渾欲滴，寒流重聽不勝清。箇中有趣無人會，琴罷尊空月四更。

石馬斜川之集分韻賦詩得燈字

改歲風日好，出門欣得朋。復招里中彥，及此雲間僧。行行涉清波，斯亭一來登。徙倚綠樹蔭，摩娑蒼石稜。遙瞻原野春，仰視天宇澄。一水既紆鬱，羣山正崚嶒。時禽悅新陽，潛魚躍輕冰。卻念去年日，俯仰愁予膺。長吟斜川詩，日落寒煙凝。暝色變晴景，清尊照華燈。頹顏感川徂，稚齒歡年增。酒盡不能起，朱欄各深凭。

游石馬以駕言出遊分韻賦詩得出字

抱病守窮廬，閉戶常罕出。坐見春氣深，清陰晝蒙密。今朝積雨過，淑景回煦律。不有塵外蹤，何由散愁寂。行行整巾屨。散漫委書帙。野逕自縈紆，前峯但嶠崒。婆娑茂樹下，左右寒流汩。亂石翳蒼根，於焉憩腰膝。追遊固才彥，逢遇亦奇逸。招邀媿深情，晤言永茲日。

君有尊中物，我進沂上瑟。日夕不得留，餘歡未云畢。

行視武夷精舍作

神山九折溪，沿泝此中半。水深波浪濶，浮緑春渙渙。（武夷溪凡九曲，多急流亂石，此第五曲水特深濶平緩，緑漪可愛。）上有蒼石屏，百仞聳雄觀。嶄巖露垠堮，突兀倚霄漢。（此峯夷上削下，拔地峭立，如方屋帽，按舊圖名大隱屏。）淺麓下縈迴，深林久叢灌。胡然閟千載，逮此開一旦。（峯下小山重複，中有平地數十丈，喬木長藤，茂林脩竹，交相蔽隱，舊無人迹。乾道己丑，予舟過而樂之，及今始能卜築，以讎曩志。）我乘新村船，輟棹青草岸。榛莽喜誅鉏，面勢窮考按。居然一環堵，妙處豈輪奐。左右矗奇峯，躊躇極佳玩。（方經始時，予以病不能來。至是送別山西，始自新村買舟以來，視所縛屋三間，制度殊草草，然背負大隱屏，面直溪南大山，左有魏王上昇峯，右有鍾模三教等石，極為雄勝。）是時芳節闌，紅緑紛有爛。好鳥時一鳴，王孫遠相喚。（山多獼猴。）暫遊意已愜，獨往身猶絆。珍重舍瑟人，重來足幽伴。（已約初夏與同志皆往遊集。）

武夷精舍雜詠并序

武夷之溪東流凡九曲，而第五曲為最深。蓋其山自北而南者，至此而盡。聳全石為一峯，拔地千尺，上小平處，微戴土，生林木，極蒼翠可玩。而四隤稍下，則反削而入，如方屋帽者，舊經所謂大隱屏也。屏下兩麓，坡坨旁引，還復相抱，抱中地平廣數畝。抱外溪水，隨山勢從西北來，四屈折，始過其南。乃復繞山東北流，亦四屈折而出。溪流兩旁，丹崖翠壁，林立環擁，神剜鬼刻，不可名狀。舟行上下者，方左右顧瞻錯愕之不暇，而忽得平岡長阜，蒼藤茂木，按衍迤靡，膠葛蒙翳，使人心目曠然以舒，窈然以深，若不可極者，即精舍之所在也。直屏下兩麓相抱之中西南向，為屋三間者，仁知堂也。堂左右兩室：左曰隱求，以待棲息；右曰止宿，以延賓友。左麓之外，復前引而右抱中，又自為一塢，因累石以門之，而命曰石門之塢。別為屋其中，以俟學者之羣居，而取學記「相觀而善」之義，命之曰觀善之齋。右門之西少南，又為屋，以居道流，取道書眞誥中語，命之曰寒棲之館。直觀善前山之巓為亭，回望大隱屏，最正且盡，取杜子美詩，名以晚對。其東出山，背臨溪水，因故基為亭，取胡公語，名以鐵笛，說具本詩注中。寒棲之外，乃植棲列樊，以斷兩麓之口，掩以柴扉，而以武夷精舍之扁揭焉。經始於淳熙癸卯之春，其夏四月既望，堂成，而始來居之。四方士友來者亦甚衆，莫不歎其佳勝，而恨它屋之未具，不可以久留也。釣磯茶竈，皆在大隱屏西。磯石上平，在溪北岸。竈在溪中流，巨石屹然，可環坐八九人。四面皆深水，當中科臼，自然如竈，可爨以瀹茗。凡溪水九曲，左右皆石壁，無側足之徑。唯南山之南有蹊焉，而精舍乃在溪北。以故凡出入乎此者，非漁艇不濟。總之為賦小詩十有二篇，以紀其實。若夫晦明昏旦之異候，風烟草木之殊態，以至於人物之相羊，猿鳥之吟嘯，則有一日之間，恍惚萬變而不可窮者。同好之士，其尚有以發於予所欲言而不及者乎哉？

精舍

琴書四十年，幾作山中客。一日茅棟成，居然我泉石。

仁智堂

我慚仁知心，偶自愛山水，蒼崖無古今，碧澗日千里。

隱求齋

晨窗林影開，夜枕山泉響。隱去復何求，無言道心長。

止宿寮

故人肯相尋，共寄一茅宇。山水為留行，無勞具雞黍。

石門塢

朝開雲氣擁，暮掩薜蘿深。自笑晨門者，那知孔氏心。

觀善齋

負笈何方來，今朝此同席。日用無餘功，相看俱努力。

寒棲館

竹間彼何人，抱甕靡遺力。遙夜更不眠，焚香坐看壁。

晚對亭

倚節南山巔，卻立有晚對。蒼峭矗寒空，落日明影翠。

鐵笛亭

山前舊有奪秀亭，故侍郎胡公明仲嘗與山之隱者劉君，兼道遊涉而賦詩焉。劉少豪勇，游俠使氣，晚更晦迹，自放山水之間。善吹鐵笛，有穿雲裂石之聲。胡公詩有「更煩橫鐵笛，吹與衆仙聽」之句，亭今廢久，一日與客及道士數人，尋其故址，適有笛聲發於林外，悲壯回鬱，巖石皆震，追感舊事，因復作亭以識其處，仍改今名。

何人轟鐵笛，噴薄兩崖開。千載留餘響，猶疑笙鶴來。

釣　磯

削成蒼石棱，倒影寒潭碧。永日靜垂竿，茲心竟誰識。

茶　竈

仙翁遺石竈，宛在水中央。飲罷方舟去，茶煙裊細香。

漁　艇

出載長煙重，歸裝片月輕。千巖猿鶴友，愁絶棹歌聲。

出山道中口占

川原紅綠一時新，暮雨朝晴更可人。書册埋頭無了日，不如抛卻去尋春。

淳熙甲辰中春精舍閒居戲作武夷櫂歌十首呈諸同遊相與一笑

武夷山上有仙靈，山下寒流曲曲清。欲識箇中奇絕處，櫂歌閑聽兩三聲。
一曲溪邊上釣船，幔亭峯影蘸晴川。虹橋一斷無消息，萬壑千巖鎖翠煙。
二曲亭亭玉女峯，插花臨水為誰容。道人不復陽臺夢，興入前山翠幾重。
三曲君看架壑船，不知停櫂幾何年。桑田海水今如許，泡沫風燈敢自憐。
四曲東西兩石巖，巖花垂露碧㲯毿。金雞叫罷無人見，月滿空山水滿潭。

五曲山高雲氣深，長時烟雨暗平林。林間有客無人識，欸乃聲中萬古心。
六曲蒼屏遶碧灣，茅茨終日掩柴關。客來倚櫂巖花落，猿鳥不驚春意閑。
七曲移船上碧灘，隱屏仙掌更回看。人言此處無佳景，只有石堂空翠寒。（此詩後二句，一本作「卻憐昨夜峯頭雨，添得飛泉幾道寒」。）
八曲風烟勢欲開，鼓樓巖下水縈洄。莫言此處無佳景，自是遊人不上來。
九曲將窮眼豁然，桑麻雨露見平川。漁郎更覓桃源路，除是人間別有天。

劉子澄遠寄羊裘且有懷仁輔義之語戲成兩絶為謝以發千里一笑

短棹長簑九曲灘，晚來閑弄釣魚竿。幾回欲過前灣去，卻怕斜風特地寒。
誰把羊裘與醉披，故人心事不相違。狂奴今夜知何處，月冷風淒未肯歸。

過蓋竹作二首

二月春風特地寒，江樓獨自倚欄干。箇中詎有行藏意，且把前峯細數看。
浩蕩鷗盟久未寒，征驂聊此駐江干。何時買得魚船就，乞與人間畫裏看。

答袁機仲論啟蒙

忽然半夜一聲雷，萬戶千門次第開。若識無心含有象，許君親見伏羲來。

乙卯八月晦日浮翠亭次叔通韻

弱植有孤念，獨住窮名山。那知歲月逝，白首塵埃間。今朝定何朝，憑高睨清灣。羣賢亦戾止，共此一日閑。晤言不知疲，林昏鳥飛還。勝踐可無紀，重來諒非艱。留語巖上石，毋使門常關。

丙辰正月三日贈彭世昌歸山

象山聞說是君開，雲木參天瀑響雷。好去山頭且堅坐，等閑莫要下山來。

懷潭溪舊居

憶住潭溪四十年，好峯無數列窗前。雖非水抱山環地，卻是冬溫夏冷天。遶舍扶疎千箇竹，傍崖寒冽一泓泉。誰教失計東遷繆，憊臥西窗日滿川。

出山道中口占

川原紅綠一時新，暮雨朝晴更可人。書册埋頭無了日，不如抛卻去尋春。

淳熙甲辰中春精舍閒居戲作武夷櫂歌十首呈諸同遊相與一笑

武夷山上有仙靈，山下寒流曲曲清。欲識箇中奇絕處，櫂歌閑聽兩三聲。
一曲溪邊上釣船，幔亭峯影蘸晴川。虹橋一斷無消息，萬壑千巖鎖翠煙。
二曲亭亭玉女峯，插花臨水為誰容。道人不復陽臺夢，興入前山翠幾重。
三曲君看架壑船，不知停櫂幾何年。桑田海水今如許，泡沫風燈敢自憐。
四曲東西兩石巖，巖花垂露碧㲯毿。金雞叫罷無人見，月滿空山水滿潭。

五曲山高雲氣深，長時烟雨暗平林。林間有客無人識，欸乃聲中萬古心。
六曲蒼屏遶碧灣，茅茨終日掩柴關。客來倚櫂巖花落，猿鳥不驚春意閑。
七曲移船上碧灘，隱屏仙掌更回看。人言此處無佳景，只有石堂空翠寒。（此詩後二句，一本作「卻憐昨夜峯頭雨，添得飛泉幾道寒」。）
八曲風烟勢欲開，鼓樓巖下水縈洄。莫言此處無佳景，自是遊人不上來。
九曲將窮眼豁然，桑麻雨露見平川。漁郎更覓桃源路，除是人間別有天。

劉子澄遠寄羊裘且有懷仁輔義之語戲成兩絕為謝以發千里一笑

短棹長簑九曲灘，晚來閑弄釣魚竿。幾回欲過前灣去，卻怕斜風特地寒。
誰把羊裘與醉披，故人心事不相違。狂奴今夜知何處，月冷風淒未肯歸。

出山道中口占

川原紅綠一時新，暮雨朝晴更可人。書册埋頭無了日，不如抛卻去尋春。

淳熙甲辰中春精舍閒居戲作武夷櫂歌十首呈諸同遊相與一笑

武夷山上有仙靈，山下寒流曲曲清。欲識箇中奇絕處，櫂歌閑聽兩三聲。
一曲溪邊上釣船，幔亭峯影蘸晴川。虹橋一斷無消息，萬壑千巖鎖翠煙。
二曲亭亭玉女峯，挿花臨水為誰容。道人不復陽臺夢，興入前山翠幾重。
三曲君看架壑船，不知停櫂幾何年。桑田海水今如許，泡沫風燈敢自憐。
四曲東西兩石巖，巖花垂露碧㲯毿。金雞叫罷無人見，月滿空山水滿潭。

五曲山高雲氣深，長時烟雨暗平林。林間有客無人識，欸乃聲中萬古心。
六曲蒼屏遶碧灣，茅茨終日掩柴關。客來倚櫂巖花落，猿鳥不驚春意閑。
七曲移船上碧灘，隱屏仙掌更回看。人言此處無佳景，只有石堂空翠寒。（此詩後二句，一本作「卻憐昨夜峯頭雨，添得飛泉幾道寒」。）
八曲風烟勢欲開，鼓樓巖下水縈洄。莫言此處無佳景，自是遊人不上來。
九曲將窮眼豁然，桑麻雨露見平川。漁郎更覓桃源路，除是人間別有天。

劉子澄遠寄羊裘且有懷仁輔義之語戲成兩絕為謝以發千里一笑

短棹長簑九曲灘，晚來閑弄釣魚竿。幾回欲過前灣去，卻怕斜風特地寒。
誰把羊裘與醉披，故人心事不相違。狂奴今夜知何處，月冷風淒未肯歸。

南城吴氏社倉書樓為余寫真如此因題其上慶元庚申二月八日滄洲病叟朱熹仲晦父

蒼顔已是十年前，把鏡回看一悵然。履薄臨深諒無幾，且將餘日付殘編。

水口行舟二首

昨夜扁舟雨一簑，滿江風浪夜如何。今朝試捲孤篷看，依舊青山緑樹多。

鬱鬱層巒夾岸青，青山緑水去無聲。煙波一棹知何許，鶗鴂兩山相對鳴。

秋日

一雨生涼杜若洲，月波微漾綠溪流。茅簷歸去無塵土，淡薄閑花遶舍秋。

放船二首

浩蕩清江水，依微綠樹風。解維春雨外，弭櫂夕陽中。江草生新徑，巖花點舊叢。詩翁不愁思，逸興莽何窮。

疇昔清溪峽，船頭戲彩翰。十年空往事，一夢記前灘。陡絕垂蒼壁，澄虛列翠巒。今宵詩卷裏，重得縱遐觀。（往年泛舟此峽，有水鳥數十翔集舟前，舟至輒起，若相導，十餘里乃散。）

陳白沙別傳

陳獻章，字公甫，新會白沙里人。幼讀孟子所謂「天民」，慨然曰：「為人必當如此！」正統十二年，舉廣東鄉試。明年，會試中乙榜，入國子監讀書。已至崇仁，受學於吳康齋。歸即絕意科舉，築室靜坐，不出閾外者數年。成化二年，復入太學，祭酒邢讓試和楊龜山此日不再得詩，見其作，驚曰：「即龜山不如也。」颺言於朝，由是名動京師。羅一峯、章楓山、莊定山、賀醫閭皆恨相見晚，醫閭並禀學焉。歸而門人益進。十八年，以薦召至京，閣臣尼之，疏乞終養而歸。自後屢薦不起。弘治十三年卒，年七十三。其自序為學云：「僕年二十七，始發憤從吳聘君學。於古聖賢垂訓之書，蓋無所不講，然未知入處。比歸白沙，杜門不出，專求所以用力之方。既無師友指引，日靠書册尋之，忘寐忘食。如是者累年，而卒未有得。所謂未得，謂吾心與此理未有湊泊脗合處也。於是舍彼之繁，求吾之約，惟在靜坐。久之，然後見吾此心之體，隱然呈露，常若有物，日用間種種應酬，隨吾所欲，如馬之御銜勒也。體認物理，稽諸聖訓，各有頭緒來歷，如水之有源委也。於是渙然自信，曰：『作聖之功，其在茲乎！』」張東所敍其為學云：「自見聘君歸後，靜坐一室，雖家人罕見其面。數年未之有得，於是迅掃夙習，或浩歌長林，或孤嘯絕島，或弄艇投竿於溪涯海曲。捐耳目，去心智，久之然後有得焉。蓋主靜而見大矣。由斯致力，遲遲至二十餘年之久，乃大悟廣大高明不離乎日用。一眞萬事，本自圓成，不假人力。無動靜，無內外，大小精粗一以貫之。」稍後羅整菴有言：「近世道學之昌，白沙不為無力；而學術之誤，亦恐自白沙始。至無而動，至近而神，此白沙自得之妙也。彼徒見夫至神者，遂以為道在是矣，而深之不能極，幾之不能研，其病在此。」蓋整菴不滿於陽明，因連帶而及白沙。黃梨洲明儒學案極稱白沙，謂：「有明儒者，不失矩矱者亦多有之，而作聖之功，至先生而始明，至文成而始大。向使先生與文成不作，則濂、洛之精蘊，同之者固推見其至隱，異之者亦疏通其流別，未能如今日也。」又曰：「先生之學，以虛為基本，以靜為門戶，以四方上下、往古來今穿紐湊合為匡郭，以日用常行分殊為功用。以勿忘勿助之間為體認之則，以未嘗致力而應用不遺為實得。遠之則為曾點，近之則為堯夫，此可無疑者也。或者謂其近禪，此庸人之論，不足辨也。」又曰：「出白沙之門者，多清苦自立，不以富貴為意。其高風所激遠矣。」其錄師說則曰：「先生證學諸語，大都說一段工夫，高妙處不容湊泊。蓋先生識趣近濂溪，而窮理不逮；學術類康節，而受用太早。質之聖門，難免欲速見小之病。似禪非禪，不必論。」四庫提要評其詩，曰：「其詩自擊壤集中來，另為一格。王世貞謂『其詩不入法，文不入體，而妙處有超出法與體之外者』，可謂兼盡其短長。」

白沙詩鈔

五言古詩

答張內翰廷祥書括而成詩呈胡希仁提學

古人棄糟粕，糟粕非眞傳。眇哉一勺水，積累成大川。亦有非積累，源泉自涓涓。至無有至動，至近至神焉。發用茲不窮，緘藏極淵泉。吾能握其機，何必窺陳編。學患不用心，用心滋牽纏。本虛形乃實，立本貴自然。戒慎與恐懼，斯言未云偏。後儒不省事，差失毫釐間。寄語了心人，素琴本無弦。

冬夜

長夜氣始凄，木綿被重裘。端坐思古人，寒燈耿攸攸。是時病初間，背汗仍未收。學業坐妨奪，田蕪廢鋤耰。高堂有老親，徧身無完紬。丈夫庇四海，而以俯仰憂。口腹非所營，水菽吾當求。明旦理黄犢，進我南岡舟。

又

我從省事來，過失恒十九。喜怒朝屢遷，言為夕多苟。平生昧愼獨，即事甘掣肘。孔子萬世師，天地共高厚。顔淵稱庶幾，好學古未有。我才雖鹵莽，服膺亦云久。胡然弗自力，萬化脱樞紐。頹顔無復少，此志還遂否。歲月豈待人，光陰隙中走。念此不成眠，晨景燦東牖。

自策示諸生

賢聖久寂寞，六籍無光輝。元氣五百年，一合又一離。男兒生其間，獨往安可辭。邈哉舜與顔，夢寐或見之。其人天下法，其言萬世師。顧予獨何人，瞻望空爾為。年馳力不與，撫鏡嘆以悲。豈不在一生，一生良遲遲。今復不鞭策，虚浪死勿疑。請回白日駕，魯陽戈正揮。

藤蓑

一蓑費幾藤，南岡礪朝斧。交加落翠蔓，制作類上古。吾聞大澤濱，羊裘動世祖。何如六尺蓑，滅蹟蘆花渚。舉俗無與同，天隨夢中語。今夜不須歸，前溪正風雨。新蓑藤葉青，舊蓑藤葉白。新故理則然，胡為浪忻戚。扁舟西浦口，坐望南山石。東風吹新蓑，浩蕩滄溟黑。須臾月東上，萬里天一碧。安得同心人，婆娑共今夕。

漫　題

日月逝不處，奄忽幾華顛。華顛亦奚為，所希在寡愆。韋編絕周易，錦囊韜虞絃。飢湌玉臺霞，渴飲滄溟淵。所以慰我情，無非畹與田。提携衆雛上，啼笑高堂前。此事如不樂，他尚何樂焉。東園集茅本，西嶺燒松煙。疾書澄心胸，散滿天地間。聊以悦俄頃，焉知身後年。

和陶歸田園

我始慚名羈，長揖歸故山。故山樵采深，焉知世上年。是名烏搶榆，非曰龍潛淵。東籬采霜菊，西渚收菰田。游目高原外，披懷深樹間。禽鳥鳴我後，鹿豕遊我前。冷冷玉臺風，漠漠聖池煙。閑持一觴酒，懽飲忘華顛。逍遥復逍遥，白雲如我閑。乘化以歸盡，斯道古來然。

贈世卿

元神誠有宅，灝氣亦有門。神氣人所資，孰謂老氏言。下化囿其蹟，上化歸其根。至要云在茲，自餘安足論。可以參兩間，可以垂萬世。聖人與人同，聖人與人異。堯舜於舞雩，氣象一而已。大者苟不存，翩翩竟奚取。老夫嘗用力，茲以告吾子。文字費精神，百凡可以止。一落永不收，年光建瓴水。

遊圭峯同世卿作

窮居無歲年，老夢得迂朽。永托山水間，東西事遊走。幽幽鐵橋花，悵望未得手。杖屨聊此躋，微霜正踈柳。斂襟欲無言，會意豈在酒。滄海當我前，崑崙卓我後。但談孔氏規，坐失微生畝。

示李孔脩近書

昔別秋未深，今來歲方晏。吾衰忘筆硯，月記詩半板。或疑子美聖，未若陶潛淡。習氣移性情，正坐聞道晚。為我試讀之，如君當具眼。

讀張地曹偶拈之作

拈一不拈二，乾坤一為主。一番拈動來，日出扶桑樹。寂然都不拈，江河自流注。濂洛千載傳，圖書乃宗祖。昭昭聖學篇，授我自然度。

曉 枕

天地無窮年，無窮吾亦在。獨立無朋儔，誰為自然配。春陵造物徒，斯人可神會。有如壽厓者，乃我之儔輩。永結無情遊，相期八紘外。

偶得寄東所

知暮則知朝，西風漲暮潮。千秋一何短，瞬息一何遥。有物萬象間，不隨萬象凋。舉目如見之，何必窮扶搖。登高未必高，老脚且平步。平步人不疑，東西任四顧。豈無見在心，何必擬諸古。異體骨肉親，有生皆我與。失之萬里途，得之咫尺許。得失在斯須，誰能別來去。明日立秋來，人方思處暑。

龜山夜月

萬古此龜山，萬古此明月。開簾望龜山，岱宗固無别。但恐山多雲，風吹亂人睫。

五言絕句

隨筆

人不能外事，事不能外理。二障佛所名，吾儒寧有此。
子美詩之聖，堯夫更别傳。後來操翰者，二妙少能兼。

張克修見訪

滄溟幾萬里，山泉未盈尺。到海觀會同，乾坤誰眼碧。

客乞題隨時子軒

無雨笠且置，未晴蓑不捨。蓑笠用不窮，我是隨時者。

贈張護湛雨

君若問鳶魚，鳶魚體本虛。我拈言外意，六籍也無書。

度危橋

事至絕安排，放脚踏高崖。如何謝上蔡，旦旦習危階。

六言絕句

漫興

風洒數莖白雪，月臨一丈青筇。餘事歸詩卷裏，殘年放酒杯中。
景斜瓦碗方食，日宴柴門未開。五柳前身處士，一瓢今日顔回。

七言絶句

伍光宇卜室白沙為讀書之所

君此卜居君亦足，空村無人山多木。參差芭蕉麗晨旭，新葉新心遞相續。
競晨登登聞隔竹，東隣老人事幽卜。甆甌瓦盆不供俗，我不到門此翁獨。

溪橋晚立示諸郎

溪邊明月掃不去，竹下清風時一呼。天與乃公供打睡，莫安橋板引樵漁。

歇馬大徑山

數家烟火隔林塘，一樹寒花晚自香。黄葉塚頭聊歇馬，鷓鴣聲裏近斜陽。

次韻趙提學見寄

蒿萊封徑不腰鐮，長夏山齋睡正甜。風送歌聲滿天地，驚回殘夢雨廉纖。

次韻陳冷庵僉憲見寄

五十四年居海濵，偷將水月洗心塵。今朝偶得西江使，溟海猶堪把贈人。

題林良為朱都憲誠庵先生寫林塘春曉圖

煙飛水宿自成羣，物性何嘗不似人。得意乾坤任上下，東風醉殺野塘春。

贈周成

虛無裏面昭昭應，影響前頭步步迷。說到鳶飛魚躍處，絕無人力有天機。

九日木犀未開

野徑香沉舞蝶稀，柴門樹老着花遲。含章此日無窮意，只有堦前拄杖知。

梅花

老樹眠江水嚙之，茫茫水月浸花枝。暗香捲入滄溟去，不是漁翁那得知。
梅花如雪擁溪扉，漁父村南負酒歸。縱飲不知花落去，酒醒船上見花稀。
日日花邊喚酒船，梅花開處酒家眠。青山一片無人買，誰與先生辦酒錢。
樵客入林聞曙鴉，梅梢殘月暗溪沙。沿溪路盡無人到，更說林逋住處賒。

讀周朱二先生年譜

千年幾見南康守，嘆息人間兩譜開。但使乾坤留一緒，聖賢去後聖賢來。
一語不遺無極老，千年無倦考亭翁。語道則同門路別，君從何處覓高蹤。

半江十詠為謝德明賦

獨速溪邊舞短蓑，月明醉影共婆娑。手中握得桐江線，釣破江天不要多。
水面煙濃白鳥低，數峯青鎖夕陽西。隔波莫是仙源否，恰到波心路已迷。
隔波晴色裊孤烟，萬樹桃花錦一川。夜半天風吹海立，探花人在半江船。

賽蘭花開

曲欄砌下少人窺，戲蝶遊蜂忽滿枝。君欲尋花須早計，只今猶是未開時。

次韻南山送蜜

處處山花好蜜房，絪緼岩壑為誰香。相思道遠無由寄，此味年來只獨嘗。

舫子

此身天地一虛舟，何處江山不自由。六十一來南海上，買船吹笛共兒謀。

喜晴

西林收雨鵓鳩靈，卷被開窗對曉晴。風日醉花花醉鳥，竹門啼過兩三聲。

懷胡大參希仁

魯連謝去都無事，范蠡歸來未了心。三十餘年窮學道，而今方識古人深。

炒蜆憶世卿

奴拾枯枝給早炊，鐺中風味此奴知。春風解憶江門否，正是江門蜆賤時。

閱周溪圖作贈劉景林歸呈尊甫翁肅庵程鄉令

太極無堦不可躋，卻從樓上望周溪。（周溪書院在太極之南，旁夾兩樓。）天泉（井名，在書院兩旁。）十丈無人汲，雲谷（亭名，在太極之東崦。）老翁來杖藜。
月色溪光盪兩楹，酒醒開眼得蓬瀛。試問老仙誰接引，春陵雲谷兩先生。

村　晚

漁笛狂吹失舊腔，采菱日暮鬭歌長。老夫獨面東溟坐，月上孤琴未解囊。

次韻蘇伯誠吉士

我浴江門點浴沂，藤蓑自樣製春衣。尋常只著藤蓑去，細雨斜風釣不歸。

贈畫師

高枕松根不記秋，秋來春去幾時休。山中此夢公能畫，我有黄金贈一舟。

睡　起

天地蜉蝣共始終，十年癡臥一無窮。道人試畫無窮看，月在西巖日在東。

宿雲臥軒

了無意緒向諸緣，到處茅椒可借眠。白日與人同在夢，不應疑我是神仙。

送薛廉憲江門

江上看雲獨送君，廬山雲亦華山雲。解衣半餉雲中坐，纔出雲來路又分。

代簡奉寄饒平丘明府

何處思君獨舉杯，江門薄暮釣船回。風吹不盡寒蓑月，影過松梢十丈來。

和林子逢至白沙

一樣春風幾樣花，乾坤分付各生涯。如今着我滄江上，只有秋香撲釣槎。

即事

照眼春光爛不收，江亭一雨欲成秋。道人不是閑鷗蝶，肯為陰晴一日愁。

偶得示諸生

江雲欲變三秋色，江雨初交十日秋。涼夜一蓑搖艇去，滿身明月大江流。

和答王僉憲樂用

靜處春生動處春，一家春化萬家春。公今料理春來處，便是乾坤造化人。

春王正月衆家春，望柳尋花我自春。先生欲學程明道，莫厭尋花傍柳人。
一物春知物物春，一年春亦萬年春。總在乾坤形氣内，敢誣當世謂無人。

寒江獨釣

我道非空亦非小，萬事舍旃終未了。朔風吹雪滿江天，我只弄我桐江釣。

偶得

白雪陽春誰會彈，莫愁天下賞音難。江門夜半看明月，想到朱陵青玉壇。
朱陵我居青玉壇，五岳雖雄無此山。鍾期老仙還未還，高山流水我須彈。

江門釣瀨與湛民澤收管

皇王帝伯都歸盡，雪月風花未了吟。莫道金針不傳與，江門風月釣臺深。

與湛民澤

六經盡在虛無裏，萬理都歸感應中。若向此邊參得透，始知吾學是中庸。

次韻張廷實讀伊洛淵源錄

往古來今幾聖賢，都從心上契心傳。孟子聰明還孟子，誰今且莫信人言。

曉枕

聖賢都從一上來，時止時行道與偕。若使春陵為孟子，光風霽月更襟懷。

枕上謾筆

正翕眼時元活活，到敷散處自乾乾。誰會五行眞動靜，萬古周流本自然。

觀物

一痕春水一條煙，化化生生各自然。七尺形軀非我有，兩間寒暑任推遷。

五言律詩

登陶公壯哉亭是夕范生小酌

日月雙輪轉，乾坤一氣旋。是時冬始閏，細雨夜如年。人語斜風外，天機落葉邊。憑誰給燈火，更坐讀殘編。

懷古次韻王半山

三徑五株柳，孤村獨板門。先生正高臥，衆鳥莫交喧。晉宋當時改，乾坤此老存。手中一把菊，秋色滿丘園。

南歸寄鄉舊

居士舊茅齋，蕭然倚玉臺。獨尋寺裏去，每到日西回。魚躍水萍破，風推巖戶開。小橋殘板在，長訝有人來。

省事除煩惱，端居養靜虛。栽花終恨少，飲酒不留餘。山徑兒吹笛，村田婦把鋤。殷勤謝閭里，勝事莫相疎。

碧草東西埭，黃鸝遠近山。巖春花氣足，簷日鳥聲閑。文字虛堆几，園林不設關。一條煙際路，朝往暮來還。

寄太虛上人

太虛石洞居，孤絕少人依。遠客携琴至，逢師乞食歸。一蒲青草上，四面白雲飛。盡日無言說，巖花落滿衣。

春日書事

開年今日雨，疎柳小塘春。紫燕將歸社，黄鸝欲唤人。未明事南畝，選日聘西賓。元亮朝朝醉，江村白酒新。

春日江村

時候花先覺，陰晴鳥自知。登山嫌避客，得句樂告兒。蔓草披香徑，垂楊覆淺漪。美人期未至，江月幾盈虧。

春日醉中言懷

古人不可見，空見古人心。春風開我箋，流水到誰琴。無説可傳後，何才敢議今。玉臺花信少，扶杖更西林。

重過大忠祠

宋有中流柱，三人吾所欽。青山遺此廟，終古厭人心。月到崖門白，神遊海霧深。興亡誰復道，猿鳥莫哀吟。

贈黎蕭二生別

白髮孤燈坐，青春二妙來。若無天度量，爭得聖胚胎。至樂終難說，眞知不着猜。濛濛煙雨裏，歸思若為裁。

梅花

世傳詠梅句，天下共稱奇。花有無言妙，人間都未知。正嗟同賞絕，又過半開時。安得邵康節，為我問庖犧。
風月交游淡，江山几席閑。夜深花睡去，時有夢來還。引步尋香易，無心弄影難。乾坤留此妙，何處覓孤山。

寄吳明府同世卿遊玉臺

圭峯雨初霽，策馬向松關。流泉忽滿澗，白雲長在山。棄置千般事，來投半日閒。上方禪榻靜，坐到暮鐘還。

再次寫懷

孤形將影住，一臂與誰交。矯矯志欲競，栖栖習恐澆。江山一得手，風月盡歸瓢。始覺逍遥外，人間未易招。

春日偶成

競長家家柳，齊開陣陣花。春添新富貴，人老舊煙霞。欹枕黃鸝近，開窗白鳥斜。草玄無意緒，呼酒對侯巴。

七言律詩

宿欖山書屋

一片荷衣也蓋身，閉窗眠者乃何人。江山雨裏同歌嘯，今古人間幾屈伸。長與白雲為洞主，自栽香樹作齋鄰。山中甲子無人記，一度花開一度春。

辛丑元旦戲筆

酒杯不與年顏老，詩思還隨物候新。分外不加毫末事，意中長滿十分春。栖栖竹几眠看客，處處桃符寫似人。卻除東風花鳥句，更將何事答洪鈞。

六十一自壽

孤子今來六十一，慈親已過八旬三。旌書門外題新榜，拭泪牀頭换舊衫。少有菑畬供俯仰，不妨漁釣老東南。些兒別作長生計，巖畔丹書有兩函。

種樹

早雨山泥滑屐牙，瘦藤扶路入雲斜。東原緑暎西原白，一徑松連兩徑花。寒夜試看殘月掛，春風須着短牆遮。江門亦是東門地，我獨胡為不種瓜。

長日山齋不弄棋，只憑種樹遣衰遲。小將梅逕分枳殼，不怕松根奪茘枝。帶雨烟光春淡泊，隔牆花影晝離披。等閑俗計休相聒，拄杖來看又有詩。

雨中偶述效康節

江門何處遣詩懷，風雨終朝閉小齋。同社客來休見問，臥家人懶不安排。煙浮石几香全妙，露滴金盤酒極佳。半醒半醉歌此曲，不妨餘事略詼諧。

今雨還留舊雨氈，滿襟涼氣似秋天。偶因門外無來客，得向山中作睡仙。樽俎喜歡朝暮醉，鶯花撩亂兩三聯。只消詩酒為堅壘，肯放閑愁入暮年。
山房四月紫棉衣，無奈連朝雨欲欺。老去杖藜終穩便，朝來花酒又淋漓。昔賢曾共骷髏語，
今日寧求俗子知。莫笑狂夫無著述，等閑拈弄盡吾詩。

次韻見訪

春曉不扃巖上扉，遶闌紅紫欲開時。花來勸飲誰禁得，天不能歌人代之。滄海匯為雙帶遶，
青山高起百重圍。赤埿居士來相訪，袖取雲笙月下吹。

飲　酒

酌酒勸公公自歌，三杯無奈老狂何。坐忘碧玉今何世，舞破春風是此蓑。一笑功名卑管晏，
六經仁義沛江河。江門詩景年年是，每到春來詩便多。

次韻莊定山謁孔廟

六經如日朝出東，夫子之教百代崇。揆之千聖無不合，施之萬事無不中。水南新抽桃葉碧，山北亦放桃花紅。乾坤生意每如是，萬古不息誰為功。

次韻廷實示學者

樹倒藤枯始一扶，諸賢為計得無粗。閲窮載籍終無補，坐老蒲團亦是枯。定性未能忘外物，求心依舊落迷途。弄丸我愛張東所，只學堯夫也不孤。

追次康節先生小圃逢春之作

時物紛紜共鬬妍，好春多在語鶯邊。傍花隨柳我尋句，剩水殘山天賜年。竹逕旁通沽酒市，
桃花亂點釣魚船。而今我是孫思邈，自古高人方又圓。

留別諸友

臺書春晚下漁磯，中歲行藏與願違。鷗鷺自來還自去，江山疑是又疑非。難將寸草酬萱草，
且著鶉衣拜袞衣。但得聖恩怜老母，滿船明月是歸時。

古風歌行

贈陳冕

南有滄溟水，北有崑崙山。我屋正在溪山間，瞻望不遠行實難。白雲朝暮常漫漫，桃花欲開梅又殘。問君此去何時還。

釣魚效張志和體

紅蕖風起白鷗飛，大網攔江魚正肥。微雨過，又斜暉。村北村南買醉歸。

題粱先生芸閣

聖人與天本無作，六經之言天注脚。百氏區區贅疣若，汗牛充棟故可削。世人聞見多尚博，
恨不堆書等山岳。舍東丈人號芸閣，高坐松根自鳴鐸。摳趨童子慎唯諾，口授心傳為小學。
孝經論語時參錯。子史平生盡拈卻。寄以斯名聊自謔，講下諸郎頗淳樸。誰敢作嘲侮先覺。
讀書不為章句縛，千卷萬卷皆糟粕。野鳥晝啼山花落。舍西先生睡方着。

示諸生

江門洗足上廬山，放脚一踏雲霞穿。大行不加窮亦全，堯舜與我都自然。大者便問躍與潛，
守身當以藩籬先。世間膏火來熬煎，市朝名利相喧填。百年光景空留連，丈夫事業何由宣。
昔者綠鬢今華顛，嗚呼老去誰之愆。

按：以上據四部叢刊本鈔，以下由四庫全書本補鈔。

和楊龜山此日不再得韻

能飢謀藝稷，冒寒思植桑。少年負奇氣，萬丈磨青蒼。夢寐見古人，慨然悲流光。吾道有宗主，千秋朱紫陽。說敬不離口，示我入德方。義利分兩途，析之極毫芒。聖學信匪難，要在用心臧。善端日培養，庶免物欲戕。道德乃膏腴，文辭固秕糠。俯仰天地間，此身何昂藏。胡能追軼駕，但能漱餘芳。持此木鑽柔，其如磐石剛。中夜攬衣起，沉吟獨徬徨。聖途萬里餘，髮短心苦長。及此歲未暮，驅車適康莊。行遠必自邇，育德貴含章。邇來十六載，滅跡聲利場。閉門事探討，蛻俗如驅羊。隱几一室內，兀兀同坐忘。那知顛沛中，此志竟莫強。譬如濟巨川，中道奪我航。顧茲一身小，所繫乃綱常。樞紐在方寸，操舍決存亡。胡為謾役役，斲喪良可傷。願言各努力，大海終回狂。

送李世卿還嘉魚

富貴何欣欣，貧賤何戚戚。一為利所驅，至死不得息。夫君坐超此，俗眼多未識。勿以聖自居，昭昭謹形迹。在物有常性，水濕而火燥。在人無常情，所惡變所好。昨日見其恭，今日見其傲。蔓草輕芝蘭，清源亦黃潦。世情每如斯，聊為行者告。

六言

柳渡一帆秋月，江門幾樹春雲，來往一時意思，江山萬古精神。

梅月用莊定山韻

四時萬物無非教，人傍梅花月傍軒。若道不關梅月事，宣尼何事欲無言。
溪上梅花月一痕，乾坤到此見天根。誰道南枝獨開早，一枝自有一乾坤。

示兒

聖心太極一明蟾，影落千江個個圓。五十年來如夢覺，臨歧更出示兒篇。

讀近思錄

楊墨偏高子莫疑，孟軻精一古心期。日長對卷無人到，風雨巡簷一詠詩。
大學西銘迤邐攤，從前只假半年閒。誰家繡得鴛鴦譜，不惜金針度世間。

次韻胡提學訪欖山

斜風細雨綠蓑衣，江上人家半掩扉。莫向天涯歌獨醒，白頭漁父笑人非。

夢曾晳

傾蓋寧知是夢中，絕塵標致卻春風。千秋此意吾能說，不與由求面目同。

讀韋蘇州詩

夜雨齋燈卷未收，清謠白首對蘇州。晦翁兩眼滄浪碧，也為先生一點頭。
五言夙昔慕陶韋，句外留心晚尚癡。敢為堯夫添註脚，自從删後更無詩。

次韻仁夫潮連寨見寄

今古相望日已賒，包羲已上孰名家。不識乾坤眞易簡，借人門戶甚摶沙。
得到鳶飛魚躍處，正當隨柳傍花時。今人不見程明道，只把中庸屬子思。

田夜讀　田，白沙孫也。

掃突炊秔及早鴉，東臯時有未芸瓜。田家樂事如翁少，男戀詩書女戀麻。

病中詠梅

何處花堪憶，江門水背過。滿身都着月，一片未隨波。高倚松為蓋，淸連竹作窩。白鷗銜不去，飛入釣魚蓑。

戒懶文

大舜為善雞鳴起，周公一飯凡三止。仲尼不寢終夜思，聖賢事業勤而已。昔聞鑿壁有匡衡，又聞車胤能囊螢。韓愈焚膏孫映雪，未聞懶者留其名。爾懶豈自知，待我詳言之。官懶吏曹欺，將懶士卒離。母懶兒號寒，夫懶妻啼飢。貓懶鼠不走，犬懶盜不疑。細看萬事乾坤內，祇有懶字最為害。諸弟子，聽訓誨。日就月將莫懈怠。舉筆從頭寫一篇，貼向座右為警戒。

王陽明別傳

王守仁，字伯安，浙之餘姚人。其父徙居山陰。先生嘗築室城東南二十里之陽明洞，學靜坐，學者稱之為陽明先生。十一歲，隨父在京師，嘗問塾師曰：「何為第一等事？」塾師曰：「惟讀書登第耳。」先生曰：「登第恐未為一等事，或讀書學聖賢耳。」十七歲，在越，始婚，親迎於江西之洪都。偶閑行入鐵柱宮，遇道士趺坐，叩之，遂與對坐，忘為合卺日，次早始還。十八歲，偕夫人歸越。舟至廣信，謁婁諒一齋，聞宋儒「格物」之說，始慕聖學。二十一歲，舉鄉試。侍父京師。格庭前竹子，沉思其理不得，遂遇疾，自委聖賢有分，乃轉學辭章。二十六歲，邊報甚急，又學兵法。二十七歲，偶一日讀朱子上宋光宗疏，有曰：「居敬持志，為讀書之本；循序致精，為讀書之法。」乃悔前日探討之博，欲求循序，冀於漸漬浹洽。沉鬱既久，舊疾復作。聞道士談養生，乃有遺世入山之意。二十八歲，舉進士。三十一歲，告病歸越，築室陽明洞，行導引術，能先知。久之悟曰：「此簸弄精神，非道也。」又屏之。靜久，思離世遠去，惟念祖母與父，忽悟曰：「此念生於孩提，若可去，是斷滅種性矣。」明年，遂移疾西湖，復思用世。三十三歲，在京師，主考山東鄉試。三十四歲，專志授徒講學，羣目為立異好名。惟湛若水甘泉，一見定交，共以倡明聖學為事。三十五歲，上封事，忤劉瑾，廷杖四十，謫貴州龍場驛驛丞。妹婿徐愛，因先生將赴龍場，納贄北面。三十七歲，春，至龍場，在貴州西北萬山叢棘中，夷人鴂舌，可通語者，皆中土亡命。自計得失榮辱皆能超脫，惟生死一念未化，乃為石槨，自誓俟命。從者皆病，自析薪取水作糜飼之。又調越曲，雜詼笑以悅之。因念：「聖人處此，更有何道？」忽中夜大悟，不覺呼躍。因著五經臆說。久之，構龍岡書院。三十八歲，貴州提學副使席書聘主貴陽書院，始論「知行合一」。三十九歲，以陞廬陵縣知縣得歸。嗣後輾轉兩京。四十二歲，在越。四十三歲，在滁。四十六歲，以巡撫至贛，歷平漳寇，以及横水、桶岡諸寇。四十七歲，續平大帽、浰頭諸寇。門人薛侃始刻傳習録首卷。四十八歲，平宸濠之變。五十歲，歸在越。五十三歲，門人日進。南大吉續刻傳習録第二卷。五十六歲，奉朝命征思、田，五十七歲，思、田平。又破八寨、斷藤峽諸賊。歸途卒於南安。嘉靖三十五年丙辰，門人錢德洪又為刻行傳習録一卷，合前刻共三卷，上距陽明之卒已二十八年矣。陽明之學，祖陸抑朱，後之言理學者，遂有「程朱理學」、「陸王心學」之分。黄梨洲明儒學案論之曰：「或以釋氏本心，頗近於心學，不知儒釋界限只一『理』字。釋氏於天地萬物之理，一切置之度外，而止守此『明覺』。世儒則不恃此明覺，而求理於天地萬物之間。向外求理，終是無源之水，無根之木。縱使合得本體上，已費轉手。故沿門乞火，與合眼見闇相去不遠。點出心之所以為心，不在明覺而在天理，金鏡已墜而復收。遂使儒釋疆界，渺若山河。此有目者所共睹也。」竊謂天地萬物自然之理，理在物，然非心則不明不覺。人文倫理之理則在心，然非物亦不完不備。梨洲謂「心」不在「明覺」而在「天理」，此因羅整菴辨陸王知「心」不知「性」，故變其說以為彌縫耳；非合內外泯本末之說也。然陽明「致良知」之教，要為簡易切近，眞如象山所謂「縱使不識一字，亦將堂堂地做一人」。此皆理學中豪傑之士，所持論亦千古不磨。若遂以為異端外道，此則門戶之見，不待深辨。其詩錄分歸越詩、山東詩、京師詩、獄中詩、赴謫詩、居夷詩、廬陵詩、京師詩、歸越詩、滁州詩、南都詩、贛州詩、江西詩、居越詩、兩廣詩諸編，極為明析。讀者與年譜、文編參互合讀，可見陽明講學之始終。然後再讀傳習錄，自可得若網在綱之樂。

陽明詩鈔

歸越詩　弘治壬戌年以刑部主事告病歸越幷楚遊作

遊牛峯寺

縈紆鳥道入雲松，下數湖南百二峯。巖犬吠人時出樹，山僧迎客自鳴鐘。凌飈陟險眞扶病，異日探奇是舊踪。欲扣靈關問丹訣，春風蘿薜隔重重。

山東詩　弘治甲子年起復主試山東時作

登泰山

天門何崔嵬，下見青雲浮。泱漭絕人世，逈豁高天秋。暝色從地起，夜宿天上樓。天雞鳴半夜，日出東海頭。隱約蓬壺樹，縹緲扶桑洲。浩歌落青冥，遺響入滄流。唐虞變楚漢，滅沒如風漚。藐矣鶴山僊，秦皇豈堪求。金砂費日月，頹顏竟難留。吾意在龐古，泠然馭凉飇。相期廣成子，太虛顯遨遊。枯槁向巖谷，黃綺不足儔。

京師詩　弘治乙丑年改除兵部主事時作

憶龍泉山

我愛龍泉寺，寺僧頗疎野。盡日坐井欄，有時臥松下。一夕別山雲，三年走車馬。媿殺巖下泉，朝夕自清瀉。

獄中詩 正德丙寅年十二月以上疏忤逆瑾下錦衣獄作

讀　易

囚居亦何事，省愆懼安飽。瞑坐玩羲易，洗心見微奧。乃知先天翁，畫畫有至教。包蒙戒為寇，童牿事宜早。蹇蹇匪為節，虩虩未違道。遯四獲我心，蠱上庸自保。俛仰天地間，觸目俱浩浩。簞瓢有餘樂，此意良匪矯。幽哉陽明麓，可以忘吾老。

赴謫詩　正德丁卯年赴謫貴陽龍場驛作

陽明子之南也其友湛元明歌九章以贈崔子鍾和之以五詩於是陽明子作八詠以答之　錄三四五六七

洙泗流浸微，伊洛僅如綫。後來三四公，瑕瑜未相掩。嗟予不量力，跛蹩期致遠。屢興還屢仆，惴息幾不免。道逢同心人，秉節倡予敢。力爭毫釐間，萬里或可勉。風波忽相失，言之淚徒泫。

此心還此理，寧論己與人。千古一噓吸，誰為嘆離羣。浩浩天地內，何物非同春。相思輒奮勵，無為俗所分。但使心無間，萬里如相親。不見宴遊交，徵逐胥以淪。

器道不可離，二之即非性。孔聖欲無言，下學從泛應。君子勤小物，蘊蓄乃成行。我誦窮索篇，於子既聞命。如何圜中士，空谷以為靜。

靜虛非虛寂，中有未發中。中有亦何有，無之即成空。無欲見眞體，忘助皆非功。至哉玄化機，非子孰與窮。

憶與美人別，贈我靑琅函。受之不敢發，焚香始開緘。諷誦意彌遠，期我濂洛間。道遠恐莫致，庶幾終不慚。

憶昔答喬白巖因寄儲柴墟

憶昔與君約，玩易探玄微。君行赴西嶽，經年始來歸。方將事窮索，忽復當遠辭。相去萬里餘，後會安可期。問我長生訣，惑也吾誰欺。盈虧消息間，至哉天地機。聖狂天淵隔，失得分毫釐。

毫釐何所辯，惟在公與私。公私何所辯，天動與人為。遺體豈不貴，踐形乃無虧。願君崇德性，問學刊支離。無為氣所役，毋為物所疑。恬淡自無欲，精專絕交馳。博弈亦何事，好之甘若飴。吟咏有性情，喪志非所宜。非君愛忠告，斯語容見嗤。試問柴墟子，吾言亦何如。

夢與抑之昆季語湛崔皆在焉覺而有感因紀以詩

起坐憶所夢，默遡猶歷歷。初談自有形，繼論入無極。無極生往來，往來萬化出。萬化無停機，往來何時息。來者胡為信，往者胡為屈。微哉屈信間，子午當其屈。非子盡精微，此理誰與測。何當衡廬間，相携玩羲易。

憶別

憶別江干風雪陰，艱難歲月兩侵尋。重看骨肉情何限，況復斯文約舊深。賢聖可期先立志，塵凡未脱謾言心。移家便住煙霞壑，緑水青山長對吟。

泛海

險夷原不滯胸中，何異浮雲過太空。夜靜海濤三萬里，月明飛錫下天風。

雜詩三首

危棧斷我前，猛虎尾我後。倒崖落我左，絕壑臨我右。我足復荆榛，雨雪更紛驟。邈然思古人，無悶聊自有。無悶雖足珍，警惕忘爾守。君觀眞宰意，匪薄亦良厚。

青山清我目，流水靜我耳。琴瑟在我御，經書滿我几。措足踐坦道，悅心有妙理。頑冥非所懲，賢達何靡靡。乾乾懷往訓，敢忘惜分晷。悠哉天地內，不知老將至。

羊腸亦坦道，太虛何陰晴。燈窗玩古易，欣然獲我情。起舞還再拜，聖訓垂明明。拜舞詎踰節，頓忘樂所形。歛衽復端坐，玄思窺沉溟。寒根固生意，息灰抱陽精。沖漠際無極，列宿羅青冥。夜深向晦息，始聞風雨聲。

萍鄉道中謁濂溪祠

木偶相沿恐未眞，清輝亦復凛衣巾。簿書曾屑乘田吏，俎豆猶存畏壘民。碧水蒼山俱過化，光風霽月自傳神。千年私淑心喪後，下拜春祠薦渚蘋。

醴陵道中風雨夜宿泗州寺次韻

風雨偏從險道嘗，深泥沒馬陷車箱。虛傳鳥路通巴蜀，豈必羊腸在太行。遠渡漸看連暝色，晚霞會喜見朝陽。水南昏黑投僧寺，還理羲編坐夜長。

長沙答周生

旅倦憩江觀，病齒廢談誦。之子特相求，禮殫意彌重。自言絕學餘，有志莫與共。手持一編書，披歷見肝衷。近希小范踪，遠為賈生慟。兵符及射藝，方技靡不綜。我方懲創後，見之色亦動。子誠仁者心，所言亦屢中。願子且求志，蘊蓄事涵泳。孔聖固遑遑，與點樂歸詠。回也王佐才，閉戶避鄰鬨。知子信美才，大構中梁棟。未當匠石求，滋殖務培壅。愧子勤綣意，何以相規諷。養心在寡欲，操存舍即縱。嶽麓何森森，遺址自南宋。江山足游息，賢迹尚堪踵。何當謝病來，士氣多沉勇。

涉湘于邁嶽麓是遵仰止先哲因懷友生麗澤興感伐木寄言二首

客行長沙道，山川鬱稠繆。西探指嶽麓，凌晨渡湘流。踰岡復陟巘，弔古還尋幽。林壑有餘采，昔賢此藏脩。我來實仰止，匪伊事盤遊。衡雲閒曉望，洞野浮春洲。懷我二三友，伐木增離憂。何當此來聚，道誼日相求。

林間憩白石，好風亦時來。春陽熙百物，欣然得予懷。緬思兩夫子，此地得徘徊。當年靡童冠，曠代登堂階。高情詎今昔，物色遺吾儕。顧謂二三子，取瑟為我諧。我彈爾為歌，爾舞我與偕。吾道有至樂，富貴眞浮埃。若時乘大化，勿愧點與回。

陟岡采松柏，將以遺所思。勿采松柏枝，兩賢昔所依。緣峯踐臺石，將以望所期。勿踐臺上石，兩賢昔所躋。兩賢去邈矣，我友何相違。吾斯未能信，役役空爾疲。胡不此簪盍，麗澤相遨嬉。渴飲松下泉，飢餐石上芝。偃仰絕餘念，遷客難久稽。洞庭春浪闊，浮雲隔九疑。江洲滿芳草，目極令人悲。已矣從此去，奚必茲山為。戀繫乃從欲，安士惟隨時。晚聞冀有得，此外吾何知。

居夷詩

初至龍場無所止結草菴居之

草菴不及肩，旅倦體方適。開棘自成籬，土階漫無級。迎風亦蕭疏，漏雨易補緝。靈瀨響朝湍，深林凝暮色。羣獠環聚訊，語龐意頗質。鹿豕且同遊，茲類猶人屬。污樽映瓦豆，盡醉不知夕。緬懷黃唐化，略稱茅茨迹。

始得東洞遂改為陽明小洞天三首

古洞閟荒僻，虛設疑相待。披萊歷風磴，移居快幽塏。營炊就巖竇，放榻依石壘。穹窒旋薰塞，夷坎仍灑掃。卷帙漫堆列，樽壺動光彩。夷居信何陋，恬淡意方在。豈不桑梓懷，素位聊無悔。

童僕自相語，洞居頗不惡。人力免結構，天巧謝雕鑿。清泉傍厨落，翠霧還成幕。我輩日嬉偃，主人自愉樂。雖無棨戟榮，且遠塵囂聒。但恐霜雪凝，雲深衣絮薄。我聞莞爾笑，周慮愧爾言。上古處巢窟，抔飲皆汙樽。沍極陽内伏，石穴多冬暄。豹隱文始澤，龍蟄身乃存。豈無數尺褱，輕裘吾不温。邈矣簞瓢子，此心期與論。

謫居糧絶請學于農將田南山永言寄懷

謫居屢在陳，從者有愠見。山荒聊可田，錢鎛還易辦。夷俗多火耕，倣習亦頗便。及兹春未深，數畝猶足佃。豈徒實口腹，且以理荒宴。遺穗及烏雀，貧寡發餘羨。出耒在明晨，山寒易霜霰。

觀　稼

下田既宜稌，高田亦宜稷。種蔬須土疏，種蕷須土濕。寒多不實秀，暑多有螟螣。去草不厭頻，耘禾不厭密。物理既可玩，化機還默識。即是參贊功，毋為輕稼穡。

龍岡新構

諸夷以予穴居頗陰濕，請構小廬，欣然趨事，不月而成。諸生聞之，亦皆來集，請名龍岡書院，其軒曰何陋。

謫居聊假息，荒穢亦須治。鑿巘薙林條，小構自成趣。開窗入遠峯，架扉出深樹。墟寨俯逶迤，竹木互蒙翳。畦蔬稍溉鋤，花藥頗雜莳。宴適豈專予，來者得同憩。輪奐非致美，毋令易傾敝。

營茅乘田隙，洽旬始苟完。初心待風雨，落成還美觀。鋤荒既開徑，拓樊亦理園。低簷避松偃，疎土行竹根。勿翦牆下棘，束列因可藩。莫擷林間蘿，蒙籠覆雲軒。素缺農圃學，因兹得深論。毋為輕鄙事，吾道固斯存。

諸生來

簡滯動罹咎，廢幽得幸免。夷居雖異俗，野朴意所眷。思親獨疚心，疾憂庸自遣。門生頗羣集，樽斝亦時展。講習性所樂，記問復懷靦。林行或沿澗，洞遊還陟巘。月榭坐鳴琴，雲窗臥披卷。澹泊生道眞，曠達匪荒宴。豈必鹿門栖，自得乃高踐。

西園

方園不盈畝，蔬卉頗成列。分溪分甕灌，補籬防豕蹢。蕪草稍焚薙，淸雨夜來歇。濯濯新葉敷，熒熒夜花發。放鋤息重陰，舊書漫披閱。倦枕竹下石，醒望松間月。起來步閑謠，晚酌簷下設。盡醉即草鋪，忘與鄰翁別。

諸生夜坐

讁居澹虛寂，眇然懷同遊。日入山氣夕，孤亭俯平疇。草際見數騎，取徑如相求。漸近識顏面，隔樹停鳴騶。投轡雁鶩進，携榼各有羞。分席夜堂坐，絳蠟清樽浮。鳴琴復散帙，壺矢交觥籌。夜弄溪上月，曉陟林間丘。村翁或招飲，洞客偕探幽。講習有眞樂，談笑無俗流。緬懷風沂興，千載相為謀。

諸生

人生多離別，佳會難再遇。如何百里來，三宿便辭去。有琴不肯彈，有酒不肯御。遠陟見深情，寧予有弗顧。洞雲還自棲，溪月誰同步。不念南寺時，寒江雪將暮。不記西園日，桃花夾川路。相去倏幾月，秋風落高樹。富貴猶塵沙，浮名亦飛絮。嗟我二三子，吾道有眞趣。

胡不携書來，茆堂好同住。

採薪

朝採山上荆，暮採谷中栗。深谷多淒風，霜露霑衣濕。採薪勿辭辛，昨來斷薪拾。晚歸陰壑底，抱甕還自汲。薪水良獨勞，不愧食吾力。

龍岡漫興

路僻官卑病益閑，空林惟聽鳥間關。地無醫藥憑書卷，身處蠻夷亦故山。用世謾懷伊尹恥，思家獨切老萊斑。夢魂兼喜無餘事，只在耶溪舜水灣。

老檜

老檜斜生古驛傍，客來繫馬解衣裳。托根非所還憐汝，直幹不撓終異常。風雪凛然存節概，刮摩聊爾見文章。何當移植山林下，偃蹇從渠拂漢蒼。

元夕

故園今夕是元宵，獨向蠻村坐寂寥。賴有遺經堪作伴，喜無車馬過相邀。春還草閣梅先動，月滿虚庭雪未消。堂上花燈諸弟集，重闈應念一身遥。

觀傀儡次韻

處處相逢是戲場，何須傀儡夜登堂。繁華過眼三更促，名利牽人一線長。稺子自應爭詫說，矮人亦復浪悲傷。本來面目還誰識，且向樽前學楚狂。

春日花間偶集示門生

閒來聊與二三子，單夾初成行暮春。改課講題非我事，研幾悟道是何人。階前細草雨還碧，簷下小桃晴更新。坐起咏歌俱實學，毫釐須遣認教眞。

舟中除夕

遠客天涯又歲除，孤航隨處亦吾廬。也知世上風波滿，還戀山中木石居。事業無心從齒髮，親交多難絕音書。江湖未就新春計，夜半樵歌忽起予。

再過濂溪祠用前韻

曾向圖書識面眞，半生長自愧儒巾。斯文久已無先覺，聖世今應有逸民，一自支離乖學術，競將雕刻費精神。瞻依多少高山意，水漫蓮池長綠蘋。

京師詩　正德庚午年十月陞南京刑部主事辛未年入覲調北京吏部主事作

別方叔賢

自是孤雲天際浮，篋中枯蠹豈相謀。請君靜後看羲畫，曾有陳篇一字否。
休論寂寂與惺惺，不妄由來即性情。笑卻慇懃諸老子，翻從知見覓虛靈。
道本無為只在人，自行自住豈須鄰。坐中便是天台路，不用漁郎更問津。

香山次韻

尋山到山寺，得意卻忘山。巖樹坐來靜，壁蘿春自閑。樓臺星斗上，鐘磬翠微間。頓息塵寰念，清溪踏月還。

歸越詩　正德壬申年陞南京太僕寺少卿便道歸越作

杖錫道中又用曰仁韻

每逢佳處問山名，風景依稀過眼生。歸霧忽連千嶂暝，夕陽偏放一溪晴。晚投巖寺依雲宿，靜愛楓林送雨聲。夜久披衣還起坐，不禁風月照人清。

滁州詩　正德癸酉年到太僕寺作

梧桐江用韻

鳳鳥久不至，梧桐生高岡。我來竟日坐，清陰灑衣裳。援琴俯流水，調短意苦長。遺音滿空谷，隨風遞悠揚。人生貴自得，外慕非所臧。顏子豈忘世，仲尼固遑遑。已矣復何事，吾道歸滄浪。

别易仲

辰州劉易仲從予滁陽，一日問：「道可言乎？」予曰：「啞子喫苦瓜，與你説不得。爾要知我苦，還須你自喫。」易仲省然有悟。久之辭歸，别以詩。

迢遞滁山春，子行亦何遠。纍然良苦心，惝恍不遑飯。至道不外得，一悟失羣闇。秋風洞庭波，遊子歸已晚。結蘭意方勤，寸草心先斷。末學久仳離，頹波竟誰挽。歸哉念流光，一逝不復返。

山中示諸生五首

路絕春山久廢尋，野人扶病強登臨。同遊仙侶須乘興，共探花源莫厭深。鳴鳥遊絲俱自得，閑雲流水亦何心。從前卻恨牽文句，展轉支離嘆陸沉。

滁流亦沂水，童冠得幾人。莫負詠歸興，溪山正暮春。

桃源在何許，西峯最深處。不用問漁人，沿溪踏花去。

池上偶然到，紅花間白花。小亭閒可坐，不必問誰家。

溪邊坐流水，水流心共閒。不知山月上，松影落衣班。

龍潭夜坐

何處花香入夜清，石林茅屋隔溪聲。幽人月出每孤往，棲鳥山空時一鳴。草露不辭芒屨濕，松風偏與葛衣輕。臨流欲寫猗蘭意，江北江南無限情。

送蔡希顔

風雪蔽曠野，百鳥凍不翻，孤鴻亦何事，嗷嗷遡寒雲。豈伊稻粱計，獨往求其羣。之子眇萬鍾，就我滁水濱。野寺同遊請，春山共攀援。鳥鳴幽谷曙，伐木西澗曛。清夜湛玄思，晴窗玩奇文，寂景賞新悟，微言欣有聞。寥寥絶代下，此意冀可論。何事憧憧南北行，望雲依闕兩關情。風塵暫息滁陽駕，鷗鷺還尋鑑水盟。悟後六經無一字，静餘孤月湛虚明。從知歸路多相憶，伐木山山春鳥鳴。

鄭伯興謝病還鹿門雪夜過別賦贈三首

之子將去遠，雪夜來相尋。秉燭耿無寐，憐此歲寒心。歲寒豈徒爾，何以贈遠行。聖路塞已久，千載無復尋。豈無羣儒迹，蹊徑榛茆深。濬流須尋源，積土成高岑。攬衣望遠道，請君從此征。

濬流須有源，植木須有根。根源未濬植，枝派寧先蕃。謂勝通夕話，義利分毫間。至理匪外得，譬猶鏡本明。外塵蕩瑕垢，鏡體自寂然。孔訓示克己，孟子垂反身。明明賢聖則，請君勿與諼。

鹿門在何許，君今鹿門去。千載龐德公，猶存棲隱處。潔身匪亂倫，其次乃避地。世人失其心，顧瞻多外慕。安宅舍弗居，狂馳鶩奔騖。高言詆獨善，文非遂巧智。瑣瑣功利儒，寧復知此意。

門人王嘉秀實夫蕭琦子玉告歸書此見別意兼寄聲辰陽諸賢

王生兼養生，蕭生頗慕禪。迢迢數千里，拜我滁山前。吾道既匪佛，吾學亦匪仙。坦然由簡易，日用匪深玄。始聞半疑信，既乃心豁然。譬彼土中鏡，闇闇光内全。外但去昏翳，精明燭媸妍。世學如翦綵，粧綴事蔓延。宛宛具枝葉，生理終無緣。所以君子學，布種培植原。萌芽漸舒發，暢茂皆由天。秋風動歸思，共鼓湘江船。湘中富英彦，往往多及門。臨岐綴斯語，因之寄拳拳。

滁陽別諸友

滁陽諸友從遊，送予至烏衣，不能別。及暮，王性甫汝德諸友送至江浦，必留居俟予渡江，因書此促之歸，幷寄諸賢，庶幾共進此學，以慰離索耳。

滁之水，入江流，江潮日復來滁州。相思若潮水，來往何時休。空相思，亦何益。欲慰相思情，不如崇令德。掘地見泉水，隨處無弗得。何必驅馳為，千里遠相即，君不見，堯羹與舜牆；又不見，孔與跖對面不相識。逆旅主人多慇懃，出門轉盼成路人。

南都詩　正德甲戌年四月陞南京鴻臚寺卿作

山中懶睡

古洞幽深絕世人，石牀風細不生塵。日長一覺羲皇睡，又見峯頭上月輪。
人間白日醒猶睡，老子山中睡卻醒。醒睡兩非還兩是，溪雲漠漠水泠泠。

守文弟歸省攜其手歌以別之

爾來我心喜，爾去我心悲。不為倚門念，吾寧舍爾歸。長途正炎暑，爾行慎興居。凉茗勿頻啜，節食但無飢。勿出船旁立，勿登岸上嬉。收心每澄坐，適意時觀書。中洪皆冥頑，不足長嗔笞。見人勿多說，愼默眞如愚。接人莫輕率，忠信持謙卑。從來為己學，慎獨乃其基，紛紛多嗜欲，爾病還爾知。到家良足樂，怡顏報重闈。昨秋童蒙去，今夏成人歸。長者愛爾敬，少者悅爾慈。親朋稱嘖嘖，羨爾能若茲。信哉學問功，所貴在得師。吾匪崇外飾，欲爾沽名為。望爾日慥慥，聖賢以為期，九兄及印弟，誦此共勉之。

書扇面寄館賓

湖上羣山落照晴，湖邊萬木起秋聲，何年歸去陽明洞，獨棹扁舟鑑裏行。

送劉伯光

五月茅茨靜竹扉，論心方洽忽辭歸。滄江獨棹衝新暑，白髮高堂戀夕暉。謾道六經皆註脚，還誰一語悟眞機。相知若問年來意，已傍西湖買釣磯。

次欒子仁韻送別四首

子仁歸，以四詩請用其韻答之，言亦有過者。蓋因子仁之病而藥之，病已則去其藥。

從來尼父欲無言，須信無言已躍然。悟到鳶飛魚躍處，工夫原不在陳編。
操持存養本非禪，矯枉寧知已過偏。此去好從根脚起，竿頭百尺未須前。
野夫非不愛吟詩，才欲吟詩即亂思。未會性情涵泳地，二南還合是淫辭。

道聽塗傳影響前，可憐絶學遂多年。正須閉口林間坐，莫道青山不解言。

贛州詩

正德丙子年九月陞南贛僉都御史以後作

丁丑二月征漳寇進兵長汀道中有感

將略平生非所長，也提戎馬入汀漳。數峯斜日旌旗遠，一道春風鼓角揚。莫倚貳師能出塞，極知充國善平羌。瘡痍到處曾無補，翻憶鍾山舊草堂。

通天巖

青山隨地佳，豈必故園好。但得此身閑，塵寰亦蓬島。西林日初暮，明月來何早。醉臥石牀涼，洞雲秋未掃。

再至陽明別洞和邢太守韻

山水平生是課程，一淹塵土遂心生。耦耕亦欲隨沮溺，七縱何緣得孔明。吾道羊腸須蠖屈，浮名蝸角任龍爭。好山當面馳車過，莫漫尋山説避名。

送德聲叔父歸姚　并序

守仁與德聲叔父共學於家君龍山先生。叔父屢困場屋，一旦以親老辭廩歸養。交遊强之出，輒笑曰：「古人一日養，不以三公易，吾豈以一老母博一弊儒冠乎？」嗚呼！若叔父，眞知內外輕重之分矣。今年夏，來贛視某。留三月，飄然歸興不可挽，因謂某曰：「秋風蓴鱸，知子之興無日不切。然時事若此，恐即未能脫，吾不能俟子之歸舟。吾先歸，為子開荒陽明之麓，如何？」嗚呼！若叔父，可謂眞知内外輕重之分矣。某方有詩戒。叔父曰：「吾行，子可無言？」輒為賦此。

猶記垂髫共學年，于今鬢髮兩蒼然。窮通只好浮雲看，歲月眞同逝水懸。歸鳥長空隨所適，秋江落木正無邊。何時卻返陽明洞，蘿月松風掃石眠。

示憲兒

幼兒曹，聽教誨。勤讀書，要孝弟。學謙恭，循禮義。節飲食，戒遊戲。毋説謊，毋貪利。毋任情，毋鬬氣。毋責人，但自治。能下人，是有志。能容人，是大器。凡做人，在心地。心地好，是良士。心地惡，是兇類。譬樹果，心是蒂。蒂若壞，果必墜。吾教汝，全在是。汝諦聽，勿輕棄。

江西詩

正德己卯年奉勅往福建處叛軍至豐城遭宸濠之變趨還吉安集兵平之八月陞副都御史巡按江西作

太　息

一日復一日，中夜坐嘆息。庭中有嘉樹，落葉何淅瀝。蒙翳亂藤纏，寧知絕根脉。丈夫貴剛腸，光陰勿虛擲。頭白眼昏昏，吁嗟亦何及。

宿淨寺

十月至杭，王師遣人追寧濠復回江西，是日遂謝病退居西湖。

老屋深松覆古籐，羈棲猶記昔年曾。棋聲竹裏消閑晝，藥裹窗前對病僧。烟艇避人長曉出，高峯望遠亦時登。而今更是多牽繫，欲似當時又不能。

百戰歸來一病身，可看時事更愁人。道人莫問行藏計，已買桃花洞裏春。

山僧對我笑，長見說歸山。如何十年別，依舊不曾閑。

用韻答伍汝真

莫恠鄉思日夜深，干戈衰病兩相侵。孤腸自信終如鐵，衆口從教盡鑠金。碧水丹山曾舊約，青天白日是知心。茅茨歲晚饒風景，雲滿清溪雪滿岑。

江邊阻風散步至靈山寺

歸船不遇打頭風，行脚何緣到此中。幽谷餘寒春雪在，虛簷斜日暮江空。林間古塔無僧住，花外仙源有路通。隨處看山隨處樂，莫將踪跡嘆萍蓬。

泊舟大同山溪間諸生聞之有挾册來尋者

扁舟經月住林隈，謝得黄鶯日日來。兼有清泉堪洗耳，更多修竹好啣盃。諸生涉水携詩卷，童子和雲掃石苔。獨奈華峯隔煙霧，時勞策杖上崔嵬。

巖下桃花盛開携酒獨酌

小小山園幾樹桃，安掛春色候停橈。開樽旋掃花陰雪，展席平臨松頂濤。地遠不須防俗駕，溪晴還好着漁舠。雲間石路稀人迹，深處容與避世豪。

書汪進之太極巖二首

一竅誰將混沌開，千年様子道州來。須知太極元無極，始信心非明鏡臺。
始信心非明鏡臺，須知明鏡亦塵埃。人人有箇圓圈在，莫向蒲團坐死灰。

弘治壬戌嘗遊九華值時陰霧竟無所覩至是正德庚辰復往遊之風日清朗盡得其勝喜而作歌

昔年十日九華住，雲霧終旬竟不開。有如昏夜入寶藏，兩目無覩成空回。每逢好事談奇勝，即思策蹇還一來。頻年驅逐事兵革，出入賊壘衝風埃。恐恐晝夜不遑息，豈復山水能徘徊。鄱湖一戰偶天幸，遠隨歸凱停江隈。是時軍務頗多暇，況復我馬方虺隤。舊遊諸生亦羣集，遂將童冠登崔嵬。先晨霏靄尚暝晦，卻疑山意猶嫌猜。肩輿一入靑陽境，忽然白日開西嶺。

長風擁篲掃浮陰，九十九峯如夢醒。羣巒踴躍爭獻奇，兒孫俯伏摩其頂。今來始識九華面，恨無詩筆為傳影。層樓疊閣寫未工，千朵芙蓉抽玉井。恠哉造化亦安排，天下奇山此兼幷。攬衣登高望八荒，雙闕下見日月光。長江如帶繞山麓，五湖七澤皆陂塘。蓬瀛海上浮拳石，舉足可到虹可梁。仙人為我啟閶闔，鸞軿鶴駕紛翺翔。從茲脫屣謝塵世，飄然拂袖凌蒼蒼。

登雲峯二三子詠歌以從欣然成謠二首

淳氣日凋薄，鄒魯亡眞承。世儒倡臆說，愚瞽相因仍。晚途益淪溺，手援吾不能。棄之入烟霞，高歷雲峯層。開茅傍虎穴，結屋依巖僧。豈曰事高尚，庶免無予憎。好鳥求其侶，嚶嚶林間鳴。而我在空谷，焉得無良明。飄飄二三子，春服來從行。詠歌見眞性，逍遙無俗情。各勉希聖志，毋為塵所縈。

深林之鳥何間關，我本無心雲自閒。大舜亦與木石處，醉翁惟在山水間。晴窗展卷有會意，絕壁題詩無厚顏。顧謂從行二三子，隨遊麋鹿俱忘還。

有僧坐巖中已三年詩以勵吾黨

莫恠巖僧木石居，吾儕眞切幾人如。經營日夜身心外，剽竊糠粃齒頰餘。俗學未堪欺老衲，昔賢取善及陶漁。年來奔走成何事，此日斯人亦起予。

睡起偶成

四十餘年睡夢中，而今醒眼始朦朧。不知日已過亭午，起向高樓撞曉鐘。起向高樓撞曉鐘，尚多昏睡正懵懵。縱令日暮醒猶得，不信人間耳盡聾。

啾啾吟

知者不惑仁不憂，君胡戚戚眉雙愁。信步行來皆坦道，憑天判下非人謀。用之則行舍即休，此身浩蕩浮虛舟。丈夫落落掀天地，豈顧束縛如窮囚。千金之珠彈鳥雀，掘土何煩用鐲鏤。君不見東家老翁防虎患，虎夜入室啣其頭；西家兒童不識虎，執竿驅虎如驅牛。癡人懲噎遂廢食，畏者畏溺先自投。人生達命自灑落，憂讒避毀徒啾啾。

居越詩 正德辛巳年歸越後作

歸興

歸去休來歸去休，千貂不換一羊裘。青山待我長為主，白髮從他自滿頭。種菓移花新事業，茂林脩竹舊風流。多情最愛滄洲伴，日日相呼理釣舟。

次謙之韻

珍重江船冒暑行，一宵心話更分明。須從根本求生死，莫向支流辨濁清。久奈世儒横臆説，競搜物理外人情。良知底用安排得，此物由來自渾成。

碧霞池夜坐

一雨秋凉入夜新，池邊孤月倍精神。潛魚水底傳心訣，棲鳥枝頭説道眞。莫謂天機非嗜欲，須知萬物是吾身。無端禮樂紛紛議，誰與青天掃宿塵。

秋聲

秋來萬木發天聲，點瑟回琴日夜清。絕調迥隨流水遠，餘音細入晚雲輕。洗心眞已空千古，傾耳誰能辨九成。徒使清風傳律呂，人間瓦缶正雷鳴。

林汝桓以二詩寄次韻為別　錄其一

堯舜人人學可齊，昔賢斯語豈無稽。君今一日眞千里，我亦當年苦舊迷。萬理由來吾具足，六經原只是階梯。山中儘有閑風月，何日扁舟更越溪。

月夜二首　與諸生歌于天泉橋

萬里中秋月正晴，四山雲靄忽然生。須臾濁霧隨風散，依舊青天此月明。肯信良知原不昧，從他外物豈能攖。老夫今夜狂歌發，化作鈞天滿太淸。

處處中秋此月明，不知何處亦羣英。須憐絕學經千載，莫負男兒過一生。影響尚疑朱仲晦，支離羞作鄭康成。鏗然舍瑟春風裏，點也雖狂得我情。

夜坐

獨坐秋庭月色新，乾坤何處更閑人。高歌度與淸風去，幽意自隨流水春。千聖本無心外訣，六經須拂鏡中塵。卻憐擾擾周公夢，未及惺惺陋巷貧。

心漁為錢翁希明別號題

有漁者歌曰：「漁不以目惟以心，心不在魚漁更深。北溟之鯨殊小小，一舉六鰲未足歆。」「敢問何如其為漁耶？」曰：「吾將以斯道為網，良知為綱，太和為餌，天地為舫。絜之無意，散之無方。是謂得無所得，而忘無可忘者矣。」

詠良知四首示諸生

箇箇人心有仲尼，自將聞見苦遮迷。而今指與眞頭面，只是良知更莫疑。
問君何事日憧憧，煩惱場中錯用功。莫道聖門無口訣，良知兩字是參同。
人人自有定盤針，萬化根緣總在心。卻笑從前顛倒見，枝枝葉葉外頭尋。
無聲無臭獨知時，此是乾坤萬有基。拋卻自家無盡藏，沿門持鉢效貧兒。

示諸生三首

爾身各各自天眞，不問求人更問人。但致良知成德業，漫從故紙費精神。乾坤是易原非畫，心性何形得有塵。莫道先生學禪語，此言端的為君陳。

人人有路透長安，坦坦平平一直看。盡道聖賢須有祕，翻嫌易簡卻求難。只從孝弟為堯舜，莫把辭章學柳韓。不信自家原具足，請君隨事反身觀。

長安有路極分明，何事幽人曠不行。遂使蓁茅成間塞，儘教麋鹿自縱橫。徒聞絕境勞懸想，指與迷途卻浪驚。冒險甘投蛇虺窟，顛崖墜壑竟亡生。

答人問良知二首

良知即是獨知時，此知之外更無知。誰人不有良知在，知得良知卻是誰。

知得良知卻是誰，自家痛癢自家知。若將痛癢從人問，痛癢何須更問為。

答人問道

饑來喫飯倦來眠，只此修行玄更玄。說與世人渾不信，卻從身外覓神仙。

別諸生

綿綿聖學已千年，兩字良知是口傳。欲識渾淪無斧鑿，須從規矩出方圓。不離日用常行內，直造先天未畫前。握手臨岐更何語，慇懃莫媿別離筵。

書扇示正憲

汝自冬春來，頗解學文義。吾心豈不喜，顧此枝葉事。如樹不植根，暫榮終必瘁。植根可如何，願汝且立志。

中　秋

去年中秋陰復晴，今年中秋陰復陰。百年好景不多遇，況乃白髮相侵尋。吾心自有光明月，千古團圓永無缺。山河大地擁清輝，賞心何必中秋節。

兩廣詩 嘉靖丁亥起平思田之亂

復過釣臺

憶昔過釣臺，驅馳正軍旅。十年今始來，復以兵戈起。空山煙霧深，往迹如夢裏。微雨林徑滑，肺病雙足胝。仰瞻臺上雲，俯濯臺下水。人生何碌碌，高尚當如此。瘡痍念同胞，至人匪為己。過門不遑入，憂勞豈得已。滔滔良自傷，果哉末難矣。

長生

長生徒有慕，苦乏大藥資。名山遍探歷，悠悠鬢生絲。微軀一繫念，去道日遠而。中歲忽有覺，九還乃在茲。非鑪亦非鼎，何坎復何離。本無終始究，寧有死生期。彼哉遊方士，詭辭反增疑。紛然諸老翁，自傳困多歧。乾坤由我在，安用他求為，千聖皆過影，良知乃吾師。

高景逸別傳

高攀龍，字存之，別號景逸，江蘇無錫人。萬曆己丑進士。王錫爵輔政，驅除異己，景逸謫揭陽。半載而歸，與顧憲成復東林書院，講學其中。遠近集者數百人。天啟改元，景逸在林下已二十八年，始復起。以魏忠賢用事，歸。削籍為民，並毀其書院。又以東林邪黨逮。夜半書遺疏，自沉止水。年六十五。疏曰：「臣雖削奪，舊係大臣。大臣受辱，則辱國。故北向叩頭，從屈平之遺則。君恩未報，結願來生。」又與華鳳超書曰：「僕得從李元禮、范孟博遊矣。一生學力，到此亦得少力。心如太虛，本無生死，何幻質之足戀乎？」其自序為學次第云：「吾年二十有五，聞李元沖、顧涇陽講學，始志於學。以為聖人所以為聖人者，必有做處，未知其方。看大學或問，朱子說『入道之要莫如敬』，故專用力於肅恭收斂，持心方寸間，但覺氣鬱身拘，大不自在。及放下，又散漫如故。無可奈何。久之，忽思程子謂『心要在腔子裏』，不知『腔子』何所指？果在方寸間否耶？覓註釋不得。忽在小學中見其解，曰：『腔子猶言身子耳。』大喜，以為心不在方寸，渾身是心也。頓自輕鬆快活。適江右羅止菴來講李見羅修身為本之學，正合於余所持循者，益大喜不疑。是時只作知本工夫，使身心相得，言動無謬。己丑第後，益覺此意津津。憂中讀禮讀易。壬辰謁選，平生恥心最重，筮仕，自盟曰：『吾於道未有所見，但依吾獨知而行。是非好惡，無所為而發者，天啟之矣。』驗之頗近於此，略見本心，妄自擔負，期於見義必為。冬至，朝天宮習儀，僧房靜坐，自覔本體。忽思『閑邪存誠』句，覺得當下無邪，渾然是誠，更不須覔誠，一時快然，如脫纏縛。癸巳，以言事謫官，頗不為念。歸嘗世態，便多動心。甲午秋，赴揭陽，自省胸中理欲交戰，殊不寧帖。在武林，與陸古樵、吳子往談論數日。一日，古樵忽問曰：『本體何如？』余言下茫然。雖答曰：『無聲無臭』，實出口耳，非由眞見。將過江頭，是夜，明月如洗，坐六和塔畔，江山明媚，知己勸酬，為最適意時，然余忽忽不樂，如有所束。勉自鼓興，而神不偕來。夜闌別去，余便登舟。猛省曰：『今日風景如彼，而余之情景如此，何也？』窮自根究，乃知於道全未有見，身心總無受用。遂大發憤，曰：『此行不徹此事，此生眞負此心矣。』明日，於舟中厚設蓐席，嚴立規程，以半日靜坐，半日讀書。靜坐中不帖處，只將程朱所示法門參求。於凡『誠敬主靜』、『觀喜怒哀樂未發』、『默坐澄心』、『體認天理』等，一一行之。立坐食息，念念不舍。夜不解衣，倦極而睡，睡覺復坐。於前諸法，反覆更互。心氣清澄時，便有塞乎天地氣象；第不能常。在路二月，幸無人事。而山水清美，主僕相依，寂寂靜靜。晚間，命酒數行。停舟青山，徘徊碧澗，時坐磐石，溪聲鳥韻，茂樹修篁，種種悅心，而心不着境。過汀州，陸行至一旅舍。舍有小樓，前對山，後臨澗，登樓甚樂。偶見明道先生曰：『百官萬務，兵革百萬之眾，飲水曲肱，樂在其中。萬變俱在人，其實無一事。』猛省曰：『原來如此，實無一事也。』一念纏綿，斬然遂絕，忽如百斤擔子頓爾落地。又如電光一閃，透體通明。遂與大化融合無際，更無天人內外之隔。至此見六合皆心，腔子是其區宇，方寸亦其本位，神而明之，總無方所可言也。平日深鄙學者張皇說悟，此時只看作平常，自知從此方好下工夫耳。乙未春，自揭陽歸，取釋老二家參之釋典，與聖人所爭毫髮。其精微處，吾儒具有之，總不出『無極』二字；弊病處，先儒具言之，總不出『無理』二字。觀二氏，而益知聖道之高。若無聖人之道，便無生民之類，即二氏亦飲食衣被其中而不覺也。戊戌，作水居，為靜坐讀書計。然自丙申後數年，喪本生父母，徙居婚嫁，歲無寧息，只於動中練習，但覺氣質難變。甲辰，顧涇陽先生始作東林精舍，大得朋友講習之功。徐而驗之，終不可無端居靜定之力。蓋各人病痛不同，大聖賢必有大精神，其主靜只在尋常日用中。學者神短氣浮，須得數十年靜力，方得厚聚深培。而最受病處，在自幼無小學之教，浸染世俗，故俗根難拔。必埋頭讀書，使義理浹洽，變易其俗腸俗骨。澄神默坐，使塵妄消散，堅凝其正心正氣，乃可耳。余以最劣之質，即有豁然之見，而缺此一大段工夫，其何濟焉！所幸呈露面目以來，纔一提策，便是原物。丙午，方實信孟子『性善』之旨。此性無古無今，無聖無凡，天地人只是一個。惟最上根，潔清無蔽，便能信入。其次全在學力。稍隔一塵，頓遙萬里。孟子所以示瞑眩之藥也。丁未，方實信程子『鳶飛魚躍』與『必有事焉』之旨。謂之性者，色色天然，非由人力。鳶飛魚躍，誰則使之？勿忘勿助，猶為學者戒勉。若眞機流行，瀰漫布濩，亘古亘今，間不容息。於何而忘？於何而助？所以必有事者，如植穀然，根苗花實，雖其自然變化，而栽培灌溉，全在勉強學問。苟漫說自然，都無一事，即不成變化，亦無自然矣。辛亥，方實信大學『知本』之旨。壬子，方實信中庸之旨。此道絕非名言可形，程子名之曰『天理』，陽明名之曰『良知』，總不若『中庸』二字為盡。中者，停停當當；庸者，平平常常。有一毫走作，便不停當；有一毫造作，便非平常。本體如是，工夫如是。天地聖人不能究竟，況於吾人，豈有涯際？勤物敦倫，謹言敏行，兢兢業業，斃而後已云爾。」黃梨洲曰：「此先生甲寅以前之功如此。其後涵養愈粹，工夫愈密。到頭學力，自云：『心如太虛，本無生死。』劉先生謂：『先生心與道一，盡其道而生，盡其道而死，是謂無生無死。』非佛氏所謂無生死也。」所為詩不多，流傳亦尠，然其詩皆日常生活中之性情語，高淡近淵明，質樸類禪偈。較之邵、陳，又是一格。

景逸詩鈔

四言詩

水居

微雨乍過，好風徐來。游雲斷續，眾峯皆開。歡然撫景，盡茲一杯。世事如積，亦已焉哉。
飯飽欣然，蕩槳菰蘆。菱蔓搖漾，蓮花芳敷。今日何日，吾長五湖。其來徐徐，其去于于。
舉網得魚，摘我園蔬。亨魚煮蔬，載陳我書。酒中有旨，書中有腴。聊爾東窗，不樂何如。
薄暮登樓，四望遠疇。時雨既降，農人乍休。乳燕來止，鯈魚出遊。萬族有樂，吾亦無憂。

涉世愈拙，入山宜深。踽踽空谷，悠悠長林。支頤一卷，挂壁孤琴。游目閒雲，傾耳鳴禽。清晝掃室，中宵擁衾。無象之色，希聲之音。咎譽可遠，陰陽不侵。雖乖通理，爰得我心。

五言古詩

靜坐吟

我愛山中坐，恍若羲皇時。青松影寂寂，白雲出遲遲。獸窟有浚谷，鳥棲無卑枝。萬物得所止，人豈不如之。巖居飲谷水，常得中心怡。

我愛水邊坐，一洗塵俗情。見斯逝者意，得我幽人貞。漠漠蒼苔合，寂寂野花榮。潛魚時一出，浴鷗亦不驚。我如水中石，悠悠兩含清。

我愛花間坐，於茲見天心。旭日照生采，皎月移來陰。栩栩有舞蝶，喈喈來鳴禽。百感此時息，至樂不待尋。有酒且須飲，把琖情何深。
我愛樹下坐，終日自翩躚。據梧有深意，撫松豈徒然。亮哉君子心，不為一物牽。緑葉青天下，翠幄蒼崖前。撫己從自悦，此味無言傳。

幽居四樂

我愛管幼安，蕭然一木榻。詩書有餘閑，戶庭無塵雜。四海方沸糜，吾獨深閉閤。辛勤海上歸，樂此舊井邑。徵書何為者，莞爾笑不答。
我愛陶元亮，采菊東籬時。悠然南山意，怡悦心自知。北窗睡初起，讀書忽解頤。正爾得樽酒，日夕歡相持。
我愛陳希夷，神遊帝之先。空山石壁下，谷口飛泉邊。結廬旁叢竹，開戶當清漣。麋鹿遊堂上，落花滿庭前。幽人在何許，松下方高眠。
我愛邵堯夫，緬懷發清吟。當其在百源，危坐必正襟。會此丸中理，寧受外物侵。心空百營息，氣靜天根深。爰以風月談，聊見羲皇心。

考亭恭謁朱夫子

束髮自黽勉，所志非浮榮。辨途慎所之，擇術居其貞。巍巍雲谷翁，紹孔明六經。羣書萬卷破，奇功一源幷。自從子輿來，卓絕莫與京。如何取徑子，繁絃亂中聲。計身亦誠便，畔道非所寧。我來拜闕里，（考亭爲南閩闕里。）齋心矢其誠。歸軫探神奥，發軌謹門庭。董道而不豫，聊以拙自成。

夏日閒居

長夏此靜坐，終日無一言。問君何所爲，無事心自閒。細雨漁舟歸，兒童喧樹間。北風忽南來，落日在遠山。顧此有好懷，酌酒遂陶然。池中鷗飛去，兩兩復來還。

水居詩

少敦詩書好，長嗜山水娱。一朝謝簪組，而來居菰蘆。青山當我戶，流水繞我廬。窗中達四野，喜無垣壁拘。桃柳植長堤，菱荷被廣渠。徒侶有漁父，比隣惟田夫。虚堂白日静，恍若遊黄虞。兀兀日趺坐，欣欣時讀書。會兹動静理，常得性情舒。居然以卒歲，去此將焉如。

庚戌春日月坡初成

浩浩月初上，月坡正受之。以我無營心，當此獨坐時。為籌世中事，無樂可代兹。長林寒風息，春氣藹如斯。萬族各萌動，我心豈不知。俯視方輿静，仰觀圓象馳。靈襟既無際，一形安足私。持以畀大鈞，榮悴非所思。

辛亥春至水居

宇宙何終極，吾念有所止。既罕百歲人，所營一樂爾。禽魚藹可親，湖山斐有旨。引酒召元和，觀書悟無始。在昔稱達人，往往契斯理。撫己常泰然，此樂庶可恃。

山居

城郭多塵事，入山意始豁。炎暑絕尋遊，芳園轉閒潔。拂簟臥看雲，漱泉滌煩熱。疎林來遠風，虛堂入新月。湛湛無交心，端居見超越。百營良有極，庶以善自悅。

韜光靜坐

偶來山中坐，兀兀二旬餘。澹然心無事，宛若生民初。流泉當几席，衆山立庭除。高樹依巖秀，修篁夾路疎。所至得心賞，終日欣欣如。流光易蹉跎，此日良不虛。寄言繕性者，速駕清山居。

遊玄墓山

春至百蟄作，吾亦難幽居。玄墓梅萬樹，兹遊豈當徐。出門日以遠，塵事日以疎。終日棲花間，志意常浩如。入俗若不足，入山覺有餘。以此成荏苒，欲歸還躊躇。吾性最所適，終當期結廬。

遊靜樂寺

杖策尋古寺，深山縱所如。古木連溪橋，修篁夾細渠。翳然見人家，茅屋庭除虛。緬懷於此中，坦腹哦詩書。良朋三五人，列塢南北居。興來相經過，直質返厥初。生與羲皇侶，歿與天地俱。

遊雁宕山

昔我愛丘山，名勝在夢想。去去三十年，塵事空鞅掌。兹遊愜始願，千里遂獨往。望山屢馳騖，入谷轉疑恍。仰觀秋瀑飛，俯聽潭流響。陽崖峙雄突，陰洞藏奇敞。幽尋碧澗底，遐矚紫霄上。春風蕩輕陰，百里見開朗。靑丹未可圖，文翰誰能髣。棲心願止託，回首空悵怏。勝地古今存，浮生俄頃賞。安得結茅廬，於此一偃仰。

湖　上

道人不識憂，隤然罕所慮。胸中有奇懷，常得山水助。時乘酒半醺，或値睡初寤。獨往恣幽尋，欣若有所遇。有時深林行，穿徑忽失路。有時湖上還，看雲忘所務。凝目孤鳶歸，傾耳細泉注。所造趣未極，原陸任昏暮。非關耽淸娛，曾是秉遠慕。閒心始造理，忙意多失步。嗟爾行道人，廹廹焉所赴。

客　途

旭日照輿中，仲冬藹如春。焚香玩羲易，瞑目怡心神。每入野店中，宛若家室馴。糲飯甘如飴，村醪白於銀。充然醉飯後，晏臥芻稾茵。但覺無事樂，不知客途辛。望望故園近，歲杪兒孫親。

壽吴東溟先生七十

去日每苦多，來日每苦少。悽悽世中事，鼎鼎誰能了。所以達人心，擺落出物表。吾慕東溟翁，攝生得其道。投志西來宗，無念以爲寶。觀空覺諸妄，埋照澹自保。平生經苦辛，未嘗入懷抱。理得身世寬，戰勝顔色好。持此入無窮，長隨天地老。

七哀詩

肅肅秋風深，漫漫秋夜長。中夜百感集，攝衣步空堂。俯聽蟲聲悲，仰視明月光。物色一如昨，舊人何茫茫。歲月日以疎，髣髴日以亡。一歲成永訣，千載空相望。静心易生哀，遺情難爲方。願從夢中路，柔身至其旁。

五言律詩

水居

到此情偏適，安居與日新。閒來觀物妙，靜後見人親。啼鳥當清晝，飛花正暮春。呼童數新筍，好護碧窗筠。

卽事

乍雨洗庭柯，斜陽到薜蘿。讀書聊散帙，看竹偶經坡。鳥下山初暝，月來池欲波。幽情無着處，呼酒一高歌。

晚　步

緩步到溪頭，相看事事幽。斷雲疎島嶼，落日艷汀洲。水靜芙蓉夕，風生蘆荻秋。吳歌何處棹，驚起欲眠鷗。

和許靜餘先生閉戶吟

年來惟好靜，始覺解天韜。山月閒相照，春風淡自陶。牀頭儲濁酒，燈下有離騷。算盡人間著，無如閉戶高。

有竹已疎林，空齋貯碧陰。徑縈蘿薜遠，池帶荻蘆深。人靜惟開卷，情閒或撫琴。幽居多樂事，剝啄莫相尋。

戊午春月朔登子陵釣臺

桐江一片石，千古白雲横。世亂無寧宇，巖棲得此生。漁樵亦偶爾，富貴豈吾情。寂寞空山士，安知後世名。

五言絶句

韜光山中雜詩　五首

開窗北山下，日出竹光朗。樓中人兀然，鳥雀時來往。

山黛濃於染，丹楓間翠竹。遠見白雲間，山僧結小屋。
寒風客衣薄，依巖曝朝旭。坐久不知還，山童報黍熟。
日暮山寂然，樹響棲烏下。獨行深澗邊，野花摘成把。
時穿深竹坐，人境忽如失。落日照前山，松間一僧出。

白雲篇　二首

遥望白雲來，轉見白雲去。白雲去不來，不知散何處。
心隨白雲遠，亦隨白雲遲。欲隨白雲滅，白雲無盡時。

題畫竹

此君有高節，亭亭自孤植。縱多千畝陰，不礙青山色。

秋花詠

日暮有好懷，閒閒來田間。籬邊見黃菊，相對不知還。菊
芙蓉臨清水，露下顔色泠。山齋人未眠，獨步月中影。芙蓉
花開在今朝，花落不終夕。開落如君恩，丹心不可易。秋葵
秋水不可極，月出寒山靜。一夜孤舟邊，風吹蘆花泠。蘆花
山人晝掃室，精香讀周易。泠然萬念空，芭蕉照人碧。芭蕉

荻秋雜詠　四首

雪鷗閣

日夕水煙起，細雨漁舟出。草閣生微寒，主人方抱膝。

點瑟軒

曰狂我豈敢，聊爾混樵牧。閉門春色深，相看柳條綠。

巢　居

遠村人語寂，幽人臥方妥。夜半聞清鐘，明月當樓墮。

班荆館

無客長閉門，客來共心賞。去來亦何心，春風芭蕉長。

和西築詠

引泉

次第竹根來，相將得到家。鳥啼春雨後，流出滿山花。

種竹

自將山竹種，豈望便成林。一竿明月裏，聊爾步清陰。

有客

偶隨白雲出，不掩白雲扉。有客坐來久，山僧歸未歸。

坐石

徘徊澗邊石，小憩一悠然。不知山月吐，已滿竹窗前。

枕流

春澗鳴幽鳥，春花欲滿山。不知塵世事，一枕石泉間。

卧雪

山上雪連屋，山僧擁褐眠。下方來往絶，身在幾禪天。

六言詩

湖干四時歌　八首

竹颯颯兮雪墮，梅寂寂兮月明。蘆洲動兮漁火，茅屋響兮書聲。

春風蕩兮柳綠，微雨灑兮桃紅。驕裘馬兮年少，惜芳菲兮老翁。

水溶溶兮林靜，雲晶晶兮晝長。綠陰濃兮掃徑，黃鳥窺兮移牀。

荷最妍兮朝旭，蟬何急兮晚風。有幽人兮兀兀，樂永日兮融融。

氣高徹兮遠天，蟲淒切兮清宵。人所悲兮蕭瑟，吾獨樂兮閴寥。

秋韻馥兮桂樹，秋色佳兮菊華。持巨螯兮沽酒，汲惠泉兮烹茶。

千山皓兮方曉，五湖冰兮復雪。盡大山兮無瑕，如寸心兮不湼。

寒風淒兮墐戶，淡日煦兮親人。君何慨兮歲暮，冬不久兮欲春。

水居漫興　十六首

水綠山青自在，日來月往如斯。有味津津誰會，無言默默自怡。
柴門春掩寂寂，小樓臥起徐徐。朝來公事幾許，過橋東岸觀魚。
蟬聲參差高柳，荷香遠近芳塘。一榻涼風午睡，半卷殘書夕陽。
楊花點點上下，燕子飛飛去來。春色行看盡矣，山茶還有未開。
綠樹遮山有態，白雲過水無心。一窗半開半掩，四月乍雨乍晴。
黃葉疎疎門巷，寒風淅淅蒹葭。人在小樓隱几，夕陽忽度昏鴉。
桃花一叢為佳，柳樹幾行足矣。行樂不務其多，人心自不知止。
小閣凭欄莞爾，匡牀擁被陶然。夜半人聲何處，蘆花隔浦漁船。
一點兩點村火，三聲四聲漁歌。半生得趣不少，百年好景無多。
山人別無妄念，三茶兩飯便足。種成百樹梅花，此是窮奢極欲。
靠山一畝種竹，近水兩畦栽花。客至莫愁下箸，二十七種菜鮭。

平沙漠漠兩岸，流水灣灣幾村。興至便呼葉渡，歸來不掩柴門。
臨水閑心便遠，見山塵慮多消。此間益者三友，一琴一卷一瓢。
風來柳線轉媚，雨過桃花更妍。着屧繞隄散步，自言不減神仙。
山人作何功課，終日對山不語。問我此意何如，白雲自來自去。
赤日墮於西隅。白日升於東牖。我趁於此開尊，佩得金印如斗。

七言律詩

水　居

有客風塵歸去來，兀然孤坐水中臺。九龍山似翠屏立，五里湖如明鏡開。春雨蕨肥菰米飯，
秋風鱸美菊花杯。蒹葭白露伊人在，恣向江天亦快哉。

水居閉關

幽居無事不開顔，為惜春光只閉關。兩眼情親惟緑野，一生心契有青山。桃花灼灼鳥啼寂，柳絮飛飛人意閒。緩步溪頭看落日，月明深竹抱琴還。

同許靜餘先生遊山

新涼甘雨徧汀洲，況復山中桂樹秋。以我中年窺靜理，知君晚節解閒遊。喜看叢竹穿幽徑，愛聽松風上小樓。滿地夕陽收拾去，幷將明月載歸舟。

次劉伯先閉關韻

在在名山寂寂峯，淵泉深處有潛龍。非於太極先天覓，只在尋常日用逢。當默識時微有象，到名言處絕無蹤。洗心藏密吾曹事，長掩衡門獨撫松。

静坐吟

静坐非玄非是禪，須知吾道本於天。直心來自降衷後，浩氣觀於未發前。但有平常為究竟，更無玄妙可窮研。一朝忽顯眞頭面，方信誠明本自然。

一片靈明一敬融，別無餘法可施功。乾坤浩蕩今還古，日月光華西復東。莫羨仙家烹大藥，何須釋氏說眞空。些兒欲問儒宗事，妙訣無過未發中。

戊午吟　二十首

戊午吟者，謂是年所見然也，春氣動物，百鳥弄韻，人心至閒，自有無腔之韻悠然而來，足以吟諷。吟者不可謂詩，所吟者不可謂道，姑就行持心口相念云爾。

聖賢止是學為人，學不知天人未眞。天在人身春在木，人居天内木涵春。萬殊精別方知義，一本窮研始識仁。試看天人無間處，不知天道豈知身。

莫為為者是眞機，稍着安排便已非。桃自鮮紅李自白，魚能淵躍鳥能飛。不知本體原如是，安得工夫妙入微。看盡古今差謬處，只緣些子見相違。

千聖傳心一敬修，不知眞敬反成囚。欲求一得且永得，須下千休與萬休。疏水曲肱常浩浩，百官萬務儘悠悠。廓然天地渾無事，一物胸中豈足留。

中庸二字聖眞詮，來自唐虞一脈傳。本體覩聞為入穀，工夫戒懼是天然。但從庸行庸言裏，直徹無聲無臭先。此是人人眞本色，可憐千古作陳編。

格物無端成聚訟，起於知本二言分。但知知本即知至，格物何曾有闕文。本在操舟方有舵，
本迷亂國為無君。只翻誠意一錯簡，滌蕩青霄萬頃雲。
知本由來義最深，須從物理細推尋。一靈充塞皆為物，萬象森羅總是心，心正涓流俱到海，
身修點鐵悉成金。細窮物理無多事，只在兢兢顧影衾。
不將一事掛胸中，蕩蕩乾坤在此躬。恰似雲開天穆穆，更如冰泮水融融。因無邪妄名為寂，
豈為虛無即墮空。履薄臨深緣底事，只愁無浪又生風。
吾儒窮經最為先，理徹心空不入禪。窮是十分到底處，理須一物不容前。六經盡向躬行驗，
一字不從文義牽。自有豁然通貫日，方知日用是眞玄。
物物其來有定則，自然之則謂之天。但因在物付各物，一任紛然本寂然。隨處家庭堪作佛，
無須巖壑始修仙。此機實在程門顯，何事廬山不細研。
聞道如何可夕死，死生原是道之常。不聞有晝可無夜，幾見無陰只有陽。道在何從見壽殀，
心安始可等彭殤。更於此外求聞道，踏遍天涯徒自忙。
萬物同生形不同，犬羊人性豈相通。因觀物性明人道，始信人倫是聖功。仁義非於明察外，
愚蒙偏蔽事為中。雖云此理幾希甚，兩字金鍼是反躬。
天載無形觸目眞，羲皇兩畫寫其神。六爻雖列上中下，一物強分天地人。讀去還知非汝密，

悟來方始是家珍。試看爪髮生生處，何但枝頭可覓春。
見易更須知用易。聖人原只用中庸。剛柔見處幾先吉，中正亡時動即凶。能懼始終皆免咎，
存誠隱顯悉成龍。莫言卜筮用為小，動靜須占是易宗。
人心偏倚道心中，凡念迴旋即聖功。精是不迷如日照，一為不二與天同。篤恭為執辰居所，
未發為中水不風。聖智聰明收斂盡，寂然不動感而通。
孝是修行無價珍，此身在處即吾親。一禽一草非時翦，五辟三千律可論。食德飲和供菽水，
朝乾夕惕省昏晨。不分富貴與貧賤，大孝光天是守身。
事事精詳是與非，紫陽以此示全歸。初經勉強須堅苦，漸近天然入妙微。精義無過能擇善，
入神還只是知幾。須知聖學無多法，尺寸基培萬仞巍。
言行須從擬議成，不從擬議失權衡。擬言本自三緘慎，議動由於百煉精。率意豈眞為率性，
爭先或恐是爭名，須知變化方為易，變化原從擬議生。
朱陸當年有異同，祇於稽古稍殊功。存心自合先知本，格物無過要識中。六籍漫從鹵莽過，
一靈那得豁然通。前賢指示皆精切，後學無訛是晦翁。
精氣為軀造化功，遊魂為變浩無窮。如何謂死為滅盡，反落禪訶斷見中。神化自然稱不測，
有無不着是眞空。莫將空字漫歸佛，虛實原於微顯同。

學人須自立根基，三戒當先謹獨知。無分少壯老異境，一於財色鬬嚴持。鎮重常如五岳峙，防危更似九河堤。大廷暗室心如一，玉粹金精體不虧。

至水居

何事驅車緇洛塵，歸來煙水味逾眞。寒塘古岸五衰柳，落日秋風一老人。兀坐冥然天地古，觀書恍爾性情新。未須蒿目憂時事，聞道明君信直臣。

七言絶句

水居題壁

澗水泠泠聲不絕，溪流茫茫野花發。自去自來人不知，歸時常對青山月。

村居　三首

日暖風微楊柳斜，桃花處處點村家。誰人此際能閒坐，載酒東皋醉落霞。
桂露瀼瀼欲濕衣，早乘殘月出柴扉。天清木葉隨風起，閒看流雲坐釣磯。
小屋深深墐北房，烹茶煨芋地罏香。主人曝背書軒下，一卷羲經至夕陽。

偶成

堯舜垂裳恭己時，天然眞色復何為。欲知性善無言妙，此處端倪尚可窺。

賞花

樂事難逢，得與諸公把酒看花幸矣。更冀明年此日長共此花，詩以祝之。

春風無恙一登臺，猶見桃花滿徑開。無計可留花再住，明年花發約重來。

景逸未刊詩鈔

余鈔理學六家詩，在辛壬冬春間。癸丑秋，始付印。余親校字，既畢之翌晨，乃得高子未刊稿鈔本六册，内亦有詩，凡一百四五十題，踰兩百首。因查高子遺書崇禎刻本陳愓龍序，謂：「先生遺言，自自訂數種而外，多散漫無次，恐其久而愈紛，敬彙為十二卷，凡於不欲垂、不必垂者胥已之，寧簡毋繁，為後世也，所以體先生之志也。」則此未刊稿，殆亦當時所謂「不欲垂、不必垂者」。然念遺書所收詩本不多，此未刊諸詩，閟於世已踰三百年，今幸重入余目，棄去可惜，因為續鈔不足三十首，以補斯編。「流落人間者，泰山一毫芒」，或刊削，或掇拾，同在此毫芒中，於泰山無增損也。愓龍評景逸詩有曰：「言志陶情，莫先於詩。靖節詩雋千古，先生不盡效陶，大都有陶韻。逸興幽懷，適與之符。昌黎云：『歡愉之辭難工』，先生絕作，歡愉者十居八九。又以見醲麗之歡愉厭，而闃寥之歡愉妙也。今視闃寥為愁思，尚能有好言乎？」未刊稿與人柬有曰：「樂事惟山林人說得，煙雲魚鳥，無非樂事。廊廟人說不得。國亂民窮，無事不憂。廊廟人說樂，勢利兩件而已。」景逸自廊廟退居山林數十年，然其憂國憂民之心則自若也。終以蹈水而死，讀其詩，可以想見其人矣。癸丑八月杪錢穆又記。

景逸未刊詩

諸公招飲石亭塢

勝會寧可常，勿惜此淹留。竹樹有佳蔭，班坐無俗流。念我平居日，所愛在山丘。願得素心侶，引杯相勸酬。今晨愜茲興，不醉將焉求。未須歌太康，此樂無患憂。卓哉斜川人，千載心悠悠。

夜步

幽人夜未眠，月出每孤往。繁林亂螢照，村屋人語響。宿鳥時一鳴，草徑露微上。欣然意有會，無與共此賞。千載懷同心，陶公調可彷。

潮陽縣觀海

仲尼欲浮海，吾亦來海濱。不作放逐客，焉能得閒身。澹澹風日和，蕩滌怡心神。一笑萬象間，偃仰得其眞。快哉此日樂，可以擬千春。逝者只如此，世事何繽紛。安得無家累，終焉此垂綸。

秋雨歎

靑靑庭中葵，鮮澤顔色好。淫潦不肯休，狂飈日相惱。空階無倚着，弱質焉能保。芳意窘不舒，丹心空自抱。何時濃陰開，皎皎見秋旻。嘉植不逢年，飄零何足道。

將遊越中諸山憮然有感

世事不可了，且酧山水盟。春風動逸思，顧景憐孤生。睠彼桃李樹，枯枝發新榮。人生不再好，流光空自驚。少壯不行遊，遲暮將何成。

弢光靜坐

落日在平野，悵然懷千秋。緬彼臨安區，當年棲王侯。樓臺何鬱鬱，冠蓋紛相酹。一朝世事盡，百代成荒丘。徒存指點跡，令人心悲憂。何如蓬廬士，偃息巖壑幽。圖書共朝夕，花木遞春秋。觴酌洽朋好，臥起觀鳧鷗。豈不念世故，中心自有求。生有無窮娛，既沒名長留。

觀海

長嘯大海濱，廓然臨無際。回風撼紫濤，天地壯氣勢。蒼茫混太虛，萬里破蔀蔽。尺鷃依叢林，焉測鯤鵬詣。所見局所處，凡物俱有繫。百川會一壑，晝夜如斯逝。靜見有深會，飄遙遺身世。

題歐陽宜諸素風堂　其三

明月入我戶，秋風來庭除。主人復何為，歷覽千載書。高標信可慕，覆轍何其愚。以此秉高燭，勿為物所驅。浩浩一室中，俛仰樂何如。

贈許襄明

天地有正氣，賦物本自然。云胡末世下，競為私欲牽。好惡隨異同，是非謬天淵。兩兩同心人，漠漠隔雲煙。幸茲肺腑通，常得膠漆堅。我愛襄明公，宛然忠孝傳。四海兩足遍，千秋一心肩。抵掌賢豪間，不與污俗緣。羣鷄啄餘粒，孤鶴摩蒼天。不有辛垣衍，安別魯仲連。似茲珪璋器，而令淪林泉。世運既如此，一笑花枝前。（以上五言古。）

獨坐

獨坐無餘事，悠然見遠山。池涵高樹靜，門掩夕陽閒。暝色催烏集，寒雲護雁還。會心寧在遠，不必濮濠間。

水居

篤不愛見客，所好掩重關。鳥雀荒村靜，琴書斗室閒。支頤只味水，伏枕亦看山。問我何為者，桃源在此間。

靜坐

雲坐杳無念，臨流望遠天。浪花圓復破，雲氣斷還連。狎水輕鷗去，摩雲野鶴還。如何此時意，不得向人傳。

西湖

諸峯三竺秀，二水六橋通。花柳年年色，樓臺處處雄。江山天地外，人事古今空。寂寞前朝恨，寒煙白草中。（以上五言律。）

除夜

去家四千里，臘月三十日。小驛對寒燈，撥火燒蒼朮。

題畫梅

一枝在南窗，羣蜂鬧相引。何如對此花，聲臭兩俱泯。

枕石

心同流水淨，身與白雲輕。寂寂深山暮，微聞鐘磬聲。（以上五言絕句。）

題　畫

皎皎者千年，亭亭者千年，人壽幾何同爾堅。揮麈無言，撫琴無絃，無事心遊天地先。南山傾，北海傾，扶桑東徙吾猶金。

題劉伯先九曲清流卷

雲蒼蒼兮草芊芊，山漠漠兮水漣漣。有人兮澗邊，曳杖兮蹁躚。與時偕往兮，與時偕旋。或躍兮常在淵，晉如愁如兮可以自全。萬物有盡兮，無盡者石上之流泉。弄潺湲兮心冷然。

（以上七言古。）

辛亥正月十一日至水居

只覺山中味有餘，一瓢一榻可安居。烟波千頃供高坐，星月三更伴讀書。人世紛華眞土梗，此身泡影一蘧廬。有時把酒高歌罷，浩氣氤氳滿太虛。

舟居

無邊烟水一扁舟，到處為家得自由。岸岸花開供獨笑，山山月出每孤遊。亂峯天際不可數，野寺松間也自幽。為笑此身無住着，只和一片白雲浮。

燕市中假靜室燕坐讀易

長安車馬日喧填，精舍深藏雙塔邊。一榻白雲寒劍色，半窗紅日靜爐烟。坐空身世非禪寂，看破乾坤無聖詮。朝市得閒成大隱，風塵何處不林泉。

同洪平叔至考亭恭謁朱夫子依韻和見貽之作　其二

宋室多賢空白頭，考亭晚節一滄洲。立身須作中流柱，處世渾如不繫舟。林鳥山花皆是樂，朝烟暮雨豈關愁。與君四十年來友，肝膽相傾見此遊。

讀白雲怡　自序

許侯同生之令吾錫也，朞月而錫大治。其政多可法於百世，其人不能悅於一時，卒以謫官去。侯去而入冷局閒曹，無不樂也。余得其白雲怡，玩之不能去手。或曰：「子何嗜之深乎？」曰：「是世間安樂法也。取之世者至儉，用之身者至裕。可貴可賤，可貧可富，可夷可險，無不可樂。得此，如白雲在太虛中，物不得而干之矣。」為賦白雲之章。

為蓋為車幻不同，如羊如虎變無窮。都將成壞千秋事，看入閒雲一片中。碧漢卷舒常捧日，青山來去只隨風。至人自解浮雲意，一笑人閒萬慮空。

偶　成

天在人身本太空，當其未發謂之中。任他凡聖無增減，安得天人有異同。不着纖毫方有主，行於無事妙無窮。但看私欲十分盡，日用尋常即聖功。（以上七言律。）

村居四時

門臨流水傍青山，千樹梅花在近灣。睡起不知紅日晚，杖藜閒過小橋還。
新竹芊芊過短牆，桑陰正蓋一書牀。日長晝靜渾無事，匡坐聊焚沉水香。
荷池雨過得新涼，雪藕冰瓜次第嘗。黄鳥一聲林木媚，北堂拂簟問羲皇。
紗窗明月最堪憐，何處荷香入坐偏。夜靜蟲聲正淒切，流螢數點傍人眠。
雪片彌空風怒號，淺斟濁酒讀離騷。夜深活火燒松子，忽見梅梢上月高。

水居閉關

碌碌風塵似馬牛，暫棲烟水作眠鷗。勸君莫漫閒來往，驚得眠鷗不自由。（以上七言絕。）

陸桴亭別傳

陸世儀，字道威，江蘇太倉人。生明萬曆三十九年。生十二日而母卒，家貧不能乳，寄養他家。十二歲，能詩歌，大父命題百鳥朝鳳圖，應聲曰：「獨向高岡擇木棲，更無鵷鷺與相齊。一朝聲徹虞廷日，四海鴟鴞不敢嘶。」大父深器之。二十二歲，入郡庠，與同里盛聖傳、陳言夏、江藥園相約為體用之學，一時有「陳陸江盛」之稱。二十七歲，始著思辨錄，以大學「格、致、誠、正、修、齊、治、平」為則，而天文、地理、河渠、兵法、封建、井田、學校，亦無不討論。崇禎十七年甲申，三十四歲，夏著匡時臆論，亦名甲申臆議。與張受先書論出處，謂：「士君子處末世，時可為、道可行，則委身致命；蓋天下所係者大，吾身所係者小。若時不可為、道不可行，則潔身去國，隱居談道，以淑後學，以惠來茲；蓋天下所係者大，而萬世之係者尤大也。」遂避世終隱。築亭水中居之，罕接賓客。自號曰桴亭。其亭以三直木，不用釘，與外相通。亭外有一瘦石，有老梅、古桂各一，有竹一叢，池中有荷，如是而已。康熙十一年卒，年六十二。桴亭於明遺民中聲光較闇，其著述亦流傳不廣。順治十八年，桴亭年五十一，貧不能自給，遊幕安義，幕主毛如石為刊其思辨錄。光緒二十六年，其太倉同里唐受祺彙刻其遺書二十二種，而思辨錄為尤要。蓋自朱子後，善述朱者，無過此書。余已揭其大旨於研朱餘瀋①，茲不著。著其自述論性之經過。謂儀於性學工夫，不啻數轉。起初未學時，只是隨時師說有義理之性，有氣質之性。亦喜同禪和方外談說不覩不聞無聲無臭父母未生前無始以前眞己。及至丁丑，（順治四年，桴亭年三十七。）下手做工夫，著實研窮，始覺得禪和方外固非，分性為二者亦非。於是得力於「理先於氣」一言。於「理」、「氣」之間盡心體驗，始知「太極」為理，「兩儀」為氣。人之義理本於太極，人之氣質本於兩儀。理居先，氣居後。理為主，氣為輔。絛理劃然。然終覺得性分理氣，終於合一。既而悟「理一分殊」之旨，恰與羅整菴先生暗合，便灑然覺得理氣融洽，性原無二。然未察到人與物性同異處也。既而知人與萬物之所以同，又知人與萬物之所以異，於禽獸草木上皆細細察其義理氣質。於朱子「論萬物之一原，則理同而氣異；論萬物之異體，則氣猶相近而理絕不同」二語，大有契入。於是又識得天地萬物本同一體處。然而「性善」之說，則終以先入之言為主。以為孟子論善，只就天命之初「繼之者善」處論，未敢說到「成之者性」。直至己亥，（順治十六年，桴亭年四十九。）偶與兩兒言性，始覺得「成之者性」以前，說不得「性」字。既說成之者性，性便屬氣質。既屬氣質，何云性善？於是曠覽夫天人之原，博觀於萬物之際，見夫所為

① 編者案：先生有陸桴亭學述一篇，原擬收編入研朱餘瀋中，後將餘瀋各篇散入中國學術思想史論叢（六）（七）（八）三單元，不另成編。桴亭篇今收入中國學術思想史論叢（八）。

異異而同同者，始知性為萬物所同，善惟人性所獨，性善之旨，正不必離氣質而觀也。於是取孟子論性語反覆讀之，始知孟子當時，亦只就氣質中說善，而程朱以後，尚未之能晰也。於是又取孟子以前孔子、子思之言按之，無不同條共貫。又取孟子以後，周、程、張、朱之言觀之，周則無不脗合，程、朱則間有一二未合，而合者常八九也。然未敢與世昌言。至庚子，（順治十七年，桴亭年五十歲。）講學東林，而始微發其端。至丙午，（康熙五年，桴亭年五十六歲。）論性毘陵，而始略書其概。是年始為性善圖說，則已在辛丑刊思辨録後五年。上引文見思辨録後集五，則今傳思辨録，尚有出安義刻本之後者，今不可詳考矣。桴亭雅能詩，尤推康節。嘗謂：「堯夫詩胸次極妙，直與天地萬物上下同流。唐人詩，康節做得；康節詩，唐人做不得。」又謂：「陳白沙詩，合道理與風雅為一。所作詩：『子美詩之聖，堯夫有別傳』，蓋欲合子美、堯夫為一人。」又曰：「唐詩未嘗不言理，宋詩未嘗不寫景。」欲選唐人宋詩、宋人唐詩，以破當世唐宋分優劣之成見。其稿未成。在三十六歲時，嘗輯書鑑、詩鑑兩種。詩鑑取古今詩歌之有合於「興、觀、羣、怨」者，後各為論，以人取詩，以詩取事，不合於三百篇之旨者不録。又欲於陶、杜、劉、陳，另批詳其全集，太白、樂天、放翁諸人則附之。桴亭極賞劉文成，謂：「其詩無一語風雲月露，但憂時閔世之言。樂府辭尤妙，可謂杜陵以後一人。」又曰：「文成詩集中有長歌續短歌一首，具見心事，予於詩鑑論斷中頗發明之。」又如據方正學詩發明正學不贊成當時削藩之議，此皆所謂以人取詩，以詩取事也。今其書不傳。友人陳瑚言夏序其詩集，謂：「桴亭之人，可自傳其詩；桴亭之詩，可自傳其人。」余鈔桴亭詩，亦竊本言夏此旨。桴亭又曰：「康節、白沙詩終是一家。意欲更選其佳者，與宋諸儒理學詩另為一集，以為學者養心之助，亦最樂事。」

余亦方值幽憂，鈔為此編，以竊附於桴亭往日未盡之意。

桴亭詩鈔

感懷詩十六首　鈔六首

家世事清謹，服德敦詩書。受命違貨殖，安仁賤懷居。十年一斷屐，三歲雙枯魚。何期親老疾，笥囊無夙儲。借貸稱奇策，典易盡衣袽。疏水雖已供，親心安得舒。古人有禄仕，非此復焉如。

捧檄出門去，淚下不能言。長揖謝書劍，抗顔事寒暄。昔為天上鶴，今為檻中猿。語默判勤惰，動止殊方圓。骨肉相隔絕，不知涼與溫。門前誰家子，意氣獨軒軒。父母樂康樂，讀書浹晨昏。

鳴鶴在北林，其子東南翔。啣魚欲反飼，攖繳墜高岡。束其凌霄姿，鎩其羽翮長。載以文軒車，酌以清露漿。飲啄非不時，恒心獨悲傷。中夜噭噭鳴，星月為徬徨。矯首北林望，黃葉方零霜。

授書里門中，五日一回還。父母喜相見，動輒如經年。搴帷瞻顔色，欲言無可宣。遥思生恐懼，覥面生憂煎。小愈未足欣，久滯何時痊。緬懷古扁盧，疾首呼蒼天。古人即今人，何獨多神仙。

仲夏炎節至，溽暑一何滋。斗室如褦襶，作息咸在斯。赤日麗高隅，潦雨漫戾庨。陰房蒸霧濕，蛟蚋日夕孳。終坐尚不堪，況復臥牀帷。颼颼晨風發，拂拂夕風吹。豈無戶外樂，畏彼蒼蠅嗤。

寒風入高樓，簌簌鳴窗隙。百憂如重山，壓我來胸膈。對書徒散亂，自起理衾席。伏枕未逾時，憂來愈益積。披衣復匡坐，展轉不能釋。童子據榻鼾，宵鼠攛東壁。戚戚竟何言，殷殷自終夕。

按：感懷詩成於崇禎七年甲戌，桴亭二十四歲。其父得中風疾，桴亭口為餔食，廁牏必親，侍臥起者幾五載。然據詩所詠，桴亭此年應離家謀食。故末首尾韻有「盛年託蔭下，那復知窮愁」之句。然越兩年，即與陳、江、盛三人相約為體用之學，格致編、考德課業錄、思辨錄皆由此始。

生事之艱，孝養之困，與其進業之猛，皆於此可見。故選鈔桴亭詩，以此為首。

和聖傳湛一亭詩二律

疏林落落竹森森，中有幽亭貯素琴。憑檻小花供雜綺，隔溪高樹散輕陰。縱觀萬物皆生意，靜對淵泉識道心。一室自饒千古樂，不知人世有升沈。

湛一亭前竹樹森，主人終日自鳴琴。淸晨習靜貪朝氣，永夜焚膏惜寸陰。水到渠成看道力，崖枯木落見天心。此中旋轉須教猛，不信神州竟陸沈。

按：此二律成於崇禎十六年癸未，桴亭三十三歲。明年甲申，即神州陸沈之歲也。

感遇詩　有序

乙酉之遇，天下古今所未有也。所遇為古今未有，則所感亦為古今未有，何詩之足云。然以不生不死之人，處倏安倏危之地，欲歌不能，欲哭不可。悲愁鬱憤發而為詩，固亦屈之情，陶之思也。幸生之餘，與王子石隱、盛子聖傳無聊倡和，自秋徂冬，凡得五言古詩三十首，彙為一編，名曰感遇，誌所懷也。昔陳子昂為感遇詩，妙絕古今。晦菴先生喜而特效之。予之詩與二公之詩，其工力不敵，固可知也。然晦翁之詩，在並美前人，固無感遇之可言。子昂之詩，洵有感矣，而考其所遇，乃在高宗、武后之世，以觀今日，雖同為感遇，而所感所遇，實有大不同者，是則可悲也夫！

潛魚懷深淵，飛鳥慕青冥。志尚各有適，羅弋紛四陳。神龍失雲霧，螻伏同眾鱗。哲士無勢位，俯首齊凡民。仰歎發浩歌，悲來痛塡膺。氣數苟在天，匹夫豈能爭。

冒辱既非易，殺身良獨難。高堂有白髮，稚子未知餐。攬衣起歎息，展轉不能寬。思欲披緇衣，寄迹空門端。君臣義已廢，棄親殊未安。俛首混儕俗，流涕傷心肝。

丹穴有雛鳳，乃在山之陰。青鸞白鶴侶，朝夕相和鳴。養此羽毛奇，翩然備儀庭。明王闇不作，海宇羣沸驚。鸞鶴紛翻飛，鴟鴞互縱横。孤鳳何所之，斂革避逡巡。豈無德輝著，時窮非炫珍。靈龜曳其尾，雄雞憚為牲。祥麟出周季，將貽田父禽。

仲尼千載師，偃蹇生衰周。孟軻談王道，七雄非其儔。濂洛關閩儒，學至君未求。晦翁振絕續，南渡時蒙羞。嗟嗟魯齋公，仕元以為尤。豈天靳斯文，每出多邅遛。展卷仰前哲，浩然忘我憂。

古來賢達士，隱居多授書。時衰道義賤，誰能枉車輿。千金贈當路，一飯麾窮廬。棄置勿復道，耕漁聊自紓。

生平寡交與，與世殊淡漠。天涯有數子，相知在寥廓。或如孔程交，或辨朱陸學。或聞聲相思，曾未接酬酢。遙遙南北海，此心契如約。風塵暗天來，縱迹各飄泊。出處或可期，生死殊未卜。會晤當何時，六合庶開拓。

寧原丁漢季，遭亂靡所入。公孫治遼海，同往依其域。寧語惟經典，世事了不及。邴原尚清議，格物性剛直。管寧謂邴原，非時宜慎默。神龍當深潛，不見乃成德。

聖人達天命，君子慎感遇。患難皆素位，胡然重憂懼。執玉夜行遊，得不虞傾仆。兢兢慎冰淵，豈曰徒自顧。天意苟未喪，吾何為不豫。

按：詩作於己酉，凡三十首，鈔八首。

示虞九二絕句

興廢存亡代不同，縱横顛倒任天公。小儒孤憤成何事，遯世須開萬古蒙。
風雨陰霾但一時，青天萬古只如斯。好將日月歸胸次，六合雲開正有時。

無陋居十詠　有序

予自丑、寅間，知天下已亂，江南不能無事，即與友人輩歷選山水，欲求避世，而不可得。至癸未，乃結茅於城之西北水村，將終身焉。乙酉夏，居村僅一二月，以土人亂，復入城，遂病不能去。今又歷半歲，其間亂而定，定而復亂，態凡幾變。以予所居甚僻，故戎馬之迹亦不及。讀書之暇，時與友人相過論詩。每每興思山水，神情飛越，而困於力弱，不能自舉。因喟然曰：「孔子不云乎：君子居之，何陋之有？」因名所居為無陋，示不必去。爰成十詠，聊以解嘲。

誰謂此間陋，彬彬君子居。出門天自狹，入室地常舒。禮樂存三代，功名付太虛。鄉鄰有鬬者，暫且閉吾廬。

誰謂此間陋，彬彬君子居。世人皆弋獵，賤子獨耕漁。短笠坐垂釣，輕蓑行荷鋤。屢空何足惜，吾道貴清虛。

誰謂此間陋，彬彬君子居。春秋猶漢臘，人物自皇初。短榻遙期客，匡牀獨著書。林間時一望，花外有來車。

誰謂此間陋，彬彬君子居。分畦常種藥，引水自澆蔬。歲月秦時促，風光原上舒。牆東堪避世，何必問長沮。

誰謂此間陋，彬彬君子居。深潛無土室，長嘯有茅廬。學字裁蕉葉，休糧種芋蕖。藜牀雙膝穩，不用駕安車。

誰謂此間陋，彬彬君子居。未隨採藥侶，且荷灌園鋤。無地不栽竹，有廬惟貯書。興來時獨詠，自謂過皇初。

誰謂此間陋，彬彬君子居。斯人皆可與，天地總吾廬。道在乘桴樂，神全處困舒。但教忠信得，寧復畏淪胥。

誰謂此間陋，彬彬君子居。客來惟論道，獨坐只看書。生意草間出，天心梅上舒。靜中聞謦語，郊外一聲驢。

誰謂此間陋，彬彬君子居。菊松三徑滿，安樂一窩餘。種菜常師圃，談詩有啟予。黄虞今在否，巢許且狂疏。

誰謂此間陋，彬彬君子居。種杉皆向路，樹蕙更盈渠。放志逃詩酒，全身學散樗。家園風味足，不用憶鱸魚。

送文介石先生入中峰

底事傷心萬念隳，漫從蘭若寄棲遲。乾坤有限無窮恨，身世須臾不盡悲。千里音書孤枕夢，六時功課一編詩。放舟日暮山風急，松柏灘頭讀楚詞。

春日田園雜興　有序

遭時不偶，避世牆東。春日傷心，無聊獨歎。偶過異公齋，示我春興六首，已又出月泉吟社一册，曰：「此至元丙戌浦江吳潛翁所輯也。」時元易宋已五載，翁隱石湖，集諸隱流，吟詠寄志。一時屬和，幾及三千。嗟乎！屈、陶異世同情矣。雖時事尚未可知，而丙戌奇合，深用足歎。亦成六首，聊誌鄙懷。不敢曰首山之吟，亦用代曲江之哭耳。

牆角春風吹棣棠，菜花香裏豆花香。看魚獨立小池影，數筍閒行竹篠長。白眼望天非是醉，科頭混俗若為狂。莫嫌世外人疏放，彭澤情深勝沅湘。

聞說山中好問津，桃花如夢水如塵。乍看幕燕成新壘，誰憶泥牛換早春。（時新曆先舊曆二日。）打鼓吹簫今歲社，更衣脫帽舊時人。門前柳色依然綠，陶令年來避葛巾。

一夜東風春雨賒，起看流水入溝斜。籬頭未下絲瓜種，牆腳先開蠶豆花。稗子鑿池浮乳鴨，老翁攤笳曬新蝦。已知身世無餘樂，聊爾徜徉未是差。

春社纔過雨水中，灌園初學問山翁。新成芥辣旋栽苣，既落瓜壺不用葱。衣履已知非晉代，蠶桑聊自說豳風。高原小麥青青秀，不見歌聲起故宮。

野水灘頭長荻芽，池塘處處起鳴蛙。一春多雨占三白，二月無茶摘五加。寒食沓來驚漢臘，寒歌時起憶邊笳。春郊風景還如舊，添得傷心是短髩。

舍北村南雨又晴，倦抛書卷漫遊行。山鳩逐婦每雙喚，蒼鼠窺人時獨驚。種秫擬成千日酒，醃菘聊當一春羹。月泉甲子依稀是，讀罷遺編淚暗傾。

再過確菴作

為惜經年别，難辭累日還。干戈四海急，風雨一村閒。人事驚危亂，天心愛苦艱。好將休暇日，著述在名山。

陳子確菴讀拙著贈五言古二首有身隱焉用文之句嗟乎予文也乎哉又諷予以魯壁及承天寺井嗟乎世無桓譚雖藏無益也漫賦四首以答

昊天生斯民，智愚各有職。或者勞其心，或者勞其力。勞心豈必仕，著述亦其一。一介苟存心，萬物皆被澤。嘗聞伊川言，歲月莫浪擲。綴輯聖賢書，庶幾稍有益。身進而立言，其志在行道。身退而立言，其志在明道。進退既已殊，所志寧草草。仲尼生衰周，豈不慕高蹈。接輿沮溺流，草木同腐槁。所以贊修業，矻矻在垂老。昔聞杜征西，峴山勒碑銘。一置山之巔，一置水之濱。陵谷有變遷，斯文冀常存。嗚呼好名甚，愚惑一何深。斯文苟不悖，護惜自有神。木石豈能永，永者在人心。與其藏名山，孰若傳其人。其人不可得，歎息徒悲辛。斯道在天地，期與世同臧。褻之固不可，祕之亦不祥。兀兀窮年歲，非欲炫其光。誠恐衰亂迫，此理或失亡。箕子演九疇，意不在武王。孟軻談王道，不專為齊梁。鄙志存萬古，目睫非所商。

對桂花有感

叢桂花開繞敝廬，三年笑眼未曾舒。野人不是無情思，半為憂時半讀書。

按：此詩順治五年戊子作，桴亭年三十八。

桴亭八詠

桴亭，予所居讀書處也。世衰無徒，四方靡騁，聊乘此桴，當浮海爾。平居往還，惟石隱、寒溪、確菴數子，而石隱有玉井軒八詠，寒溪有寒溪八詠，確菴有蔚村八詠。人皆有詩，緊我獨無。新歲無事，聊拈八題，以當語道，同志其屬和焉。

小亭

玲瓏四面八窗開，獨坐孤亭絕點埃。雪月風花供玩嘯，帝皇王霸入鋪排。

危橋

直木三株不用丁，到來一徑造斯亭。入門賓客休驚訝，朝夕儂家掉臂行。

清池

下有澄潭上有天，天光水色兩悠然。莫言此地無多子，魚躍鳶飛在眼前。

瘦石

石丈端然春復秋，與亭相對似相酬。吾家論道尋常事，愼勿驚人亂點頭。

按：此下尚有老梅、古桂、修竹、新荷四首，不鈔。

與友人論學

無隱無言信有之，而今且莫厭支離。聖人三十方能立，未是從心所欲時。

題　畫

二老相逢坐翠微，避人終日語依依。應嫌世上皆周粟，共向山中説采薇。

病起次日曝書兼標寫輿地圖覺勞甚伏枕口占

昨日勞心，今日勞力。所勞不同，愛書則一。聖人之言，上帝之則，悖之則凶，修之則吉。是式是遵，是欽是翼。白首其中，樂何復極。

晦中陳子義扶過訪劇談竟日賦詩贈之率成一百韻

久不出庭戶，芳草覆階額。忽聞叩門聲，云有遠方客。呼童出問客，客來自何邑。客來自嘐水，名姓欽在昔。開扉各一笑，相視殊莫逆。啟我桴亭窗，展我桴亭席。乍對無寒暄，深談便促膝。座中有鄭子，陳子久所識。我友藥園氏，傾蓋亦乍炙。縱論及古今，開誠略形迹。縱橫西川圖，排蕩東山弈。主客話正濃，日馭忽已直。命婦亟治餐，客遠應未食。甕中出黃粱，池頭剖烏鯽。葵藿何足甘，野人所親摘。薄酒無厚味，為君佐談液。人生天地間，颷忽駒過隙。吾儕適不偶，值此運鼎革。風影驚鼓鼙，夢寐厭戈戟。山川忽破碎，人物亦狼籍。或幽而為鬼，或奸而成蜮。或柔如脂韋，或毒如虺蜴。或為蟲沙埋，或為猿鶴泣。寥寥數君子，朝野稱砥石。風塵一夕盡，四海靜兀兀。吾聞君嘐中，風土茂而質。自昔多賢豪，往往相麗澤。結社名直言，期以共勉策。北風摧叢蘭，根幹幾盡擘。吾婁蠢弱地，風節夙所咥。羣宗著風流，正直猶痛疾。南郭一被創，聲氣遂倒易。君子修玄黃，小人秉符檄。吾屬四五人，雅志在修飭。粵維丁丑歲，予實始和輯。倡為格致學，朝夕共乾惕。考德兼課業，旬會而月集。上繼孔孟心，下係程朱籍。豈曰狂與僭，生人此常職。更以聖賢學，體用本合一。念茲經濟事，用世所尤急。躬行有餘暇，研究窮日力。高探象緯原，廣覽九州域。河渠及兵法，博綜恣所適。杯酒習射御，風雨肆琴瑟。彼此共告語，心得靡所匿。宏才既兼長，專家亦各擇。惟茲藥園氏，所精尤賦役。辛勤及數載，胸復漸充實。所賴區宇存，乾坤未震拆。

或堪為斯世，黽勉效寸尺。一朝日月改，萬類皆蕩汩。吾亦羣其中，安能自飛戩。豫章在萌芽，蓓蕾未甲坼。手可搔而絕，足可蹋而抑。龍螭未得志，勢亦等蟣蝨。混逐魚蝦中，泥首自滑滑。惟時諸同學，飛沈各散逸。確菴羽毛足，遐舉振六翮。寒溪在陋巷，自隱於釣弋。藥園困家累，書巖逸水國。深柳學荷鋤，面目日黧黑。天涯有數子，隔絕曠消息。江漢卓犖才，頃聞在鋒鏑。廣陵曾閔徒，授書里門側。哀哉崇川子，慟哭海水碧。賤子鄙樸者，牆東學種植。運甓志已衰，抱甕徒搰搰。牀頭書册在，時復一玩繹。無聊二三子，相與講舊帙。時窮豈不知，舍此靡所立。顧維同志鮮，時亦遭謗堲。避人深自晦，跬步常虩虩。問字斯友堂，談心竹亭北。幽人互相過，聊以自怡懌。去年秋冬間，忽與陸子值。予最欽嘐賢，至此得其悉。十月蔚村社，邂逅更奇特。把臂得侯子，快論徹肝膈。是時君姓名，吞吐在我臆。自念非晨風，焉得生羽翼。擬欲買舟楫，造君破幽寂。何期惠然來，先此賁蓬蓽。君子當亂世，所貴得其術。苟非同室鬭，纓冠亦殊迫。昔年湖海中，旌旗蔽天赤。須臾自賊殺，野水葬白骨。今年江上頭，飛矢暗白日。城郭摧破後，婦孺飽屠伯。生靈半蕩盡，宗社亦無益。念茲心骨悲，遵養亦非惑。廢興自有天，民生一何戚。讀書種子盡，毋得更浪擲。聖賢之所爭，不在旦與夕。民彝苟未泯，否泰亦頃刻。嗟予未強仕，筋骨已衰澀。著書何所用，斷爛糊四壁。覩君英雄姿，使我心氣溢。橫經吐奇談，神采紛四射。努力窮經綸，六合藉開闢。

和侯掌亭舊莊雜感八首　鈔二

浩漭乾坤付刼灰，一枝猶復重徘徊。神龍蜕骨方能化，樗散全身貴不材。江上歸舟帆影亂，城頭落日鼓聲催。卜居正欲謀詹尹，五柳門前莫漫栽。

經權存歿總飛煙，忠孝家聲爾獨賢。萬國蒙羞垂八載，九原藏血自千年。心期不動常依寂，學到知雄但守玄。（掌亭究心禪玄之學。）今古茫茫盡如此，凭高瞻眺一悽然。

按：此詩作於順治八年辛卯。

禾水屠闇伯俞右吉張白方陸冰修潘美含挐舟過婁相訪坐小亭談道竟日已復篝燈商榷古今長枕大被縱論達曙因賦五言古四十韻記其事

秋風生微涼，吹我庭際松。有客來遠方，繫艇垂楊中。巾服何逍遙，琴書亦從容。入門登吾堂，再拜言辭恭。自云避世士，祿仕非所榮。結契在物表，匪效徵逐工。鴛湖接婁江，煙波渺重重。中經巨區險，咫尺天溟濛。風濤忽相觸，檣帆駭飛蓬。危坐學正叔，利涉竟有功。豈徒鬼神佑，亦以精誠通。（屠子述舟過太湖尾，值大風，幾覆者數四。）賤子鄙樸者，澹泊無所營。終日乘吾桴，逌然任西東。寧無風波憂，機息境乃融。諸子相顧笑，彼此將毋同。開樽整杯盤，雞黍聊作供。傾倒談詩書，縱橫吐心胸。白方聖賢徒，上繼洛閩宗。闇伯志忠孝，卓犖稱儒宗。誰為八面才，右吉文章雄。冰修如椽筆，擬匹王與鍾。經濟推美含，艱難歷兵戎。昂昂雞羣鶴，矯矯雲中龍。邂逅集斯亭，戶牖眞氣充。上窮黃虞際，下逮周秦終。漢唐及宋元，絡繹資談鋒。或探玄奥窟，或入精微宮。或獨豎妙義，堅峻如城墉。或羣起攻辨，盡銳相擊衝。高情忘主客，快論欣兒童。須臾日西夕，論說意轉濃。翦燭掩西窗，促膝更披衷。豈無綺羅筵，庖廚潔且豐。豈無當時彥，攬袪願相從。志尚各有適，蕭蘭自成叢，皎皎風露白，煜煜鐙花紅。四座默不言，冰心耿無窮。呼童整茵席，擁被聽晨鐘。一笑天已曙，高歌懷冥鴻。

新蒲緑

新蒲緑，新蒲緑，韶華滿眼紛成觸。傷心又是十年餘，轉盼滄桑幾翻覆。燕子飛飛高下逐，銜泥依舊巢華屋。杜鵑何處不歸來，月上三更啼未足。新蒲緑，新蒲緑，嫩柳夭桃鬬妍馥。獨有淒淒芳草痕，天涯望斷王孫目。秦宮漢苑遊麋鹿，楚水吳山栽苜蓿。日落蒼梧帝子愁，紛紜淚滿瀟湘竹。

次韻答歸玄恭

側身天地此何時，忽漫相逢得子期。我輩有心常自合，世人無膽輒稱奇。義熙日月柴桑老，景定詩篇鐵匣知。聞道昆明池正好，眼中猶見漢旌旗。

按：此詩在順治十年癸巳，「昆明漢旌旗」指永曆。

四十三生日偶讀象山年譜是歲象山於白鹿洞講義利章不勝慨然感而有賦

五畝荒園歎索居，秋風叢桂一編書。生非嶽降逢辰薄，運值天移與世疏。（袁宏與范曾書：「天轡將移。」）研北身心偕木石，牆東名姓老樵漁。最憐白髮人同歲，慚愧皋比此日餘。

除夕偶憶白沙詩喜其相似戲和一絕白沙詩云今夕人間度小年五男四女共炊煙且看滿席斕斑舞莫問明朝婚嫁錢

除夕今年是大年，四男四女共炊煙。算來似少先生一，卻有孫兒更值錢。

答歸玄恭悔過詩兼見寄卽次原韻

斯文絕續理將回，擔荷於君何有哉。喪亂飽經皆實學，浮華盡斂是眞才。聲名未免兒曹妒，氣運應為我輩開。悟徹百源頗憶否，十年冰雪靜中來。

和歸玄恭生日詩

詩文道德本難同，才力誰能跨數公。量以兼收常見博，志須專靜始為功。精神有限流年內，學問無窮去日中。寄語三江歸釣叟，好教着力向東風。

乙未改歲漫興和陸彥脩　八首鈔二

蓬萊清淺水揚塵，十二年前是甲申。怪底春風能轉換，眼中幾箇舊時人。
不用尋春不恨春，春光往復互相因。天公自有循環理，一度重來一度新。

舊歲大風竹盡偃今新筍又成林矣感而有賦

莫言直節本來堅，蕩析離披也可憐。寄語罡風休嫉妒，新枝已自拂雲煙。

和許南村新成書屋　二首鈔一

主人家住赤涇灣，六十躬耕鬢未斑。習靜結茅臨水畔，課孫抱犢老田間。無心求足自常足，隨處得閒方是閒。莫道孤村無好景，朝來爽氣有西山。

仲夏二十四日公綸石隱暉吉過小閣談易語及易數漫成二絶

莫將易數認希奇，認作希奇反失之。太極下來惟兩畫，乾坤易簡是吾師。
莫言兩畫不希奇，千萬咸從兩畫推。大抵有形皆對待，從中出者是根基。

惠　泉

不盈不竭幾千年，一掬渟泓海內傳。恰是至人方寸地，涵濡萬古只淵然。

滴露泉

惠泉萬斛供人求，此水惟憑一滴流。彼亦不多茲不少，無加無損總千秋。

與介夫同遊諸勝歸飲高彙旃芳草堂抵足談道介夫以詩見贈賦此以答之

好風晴日山川麗，明月青燈笑語深。是處天機君自領，不須境外別求心。

謁道南祠祠祀龜山先生以下凡十九人

城上西風夕照催，我來瞻拜道南祠。空庭古木神靈肅，老屋殘碑姓氏隳。屈指宋明還得幾，傷心今昔漫成悲。淵源一綫誰能嗣，獨立虛堂有所思。

山中聞秋雨

松風颯然至，山雨霏微集。此景誰不聞，妙領在心得。

次日又泛舟惠山陪飲

積雨暗山麓，放舟波浪間。酒杯幽興足，煙水白鷗閒。今古雙睜眼，詩書一破顔。野人無忌諱，容易說時艱。

二月二十五日同確菴聖傳茂長素樸赴南村看桃之約不遇歸至映江門飲田父家次日述事寄南村

夙約在南村，扁舟問花柳。所居遠市廛，自挾脯膾走。徐徐過郊郭，行行歷渡口。主人竟他出，隔溪空吠狗。悵然停舟回，舟行迷左右。舍舟穿林麓，放足信所扣。有花即主人，何必問吾友。沿溪得數家，桃李皆覆首。菜花黄如金，遠映幾百畝。中有小茅屋，結構殊不醜。舍西環溪流，舍北啟窗牖。當軒坐短榻，低枝及我肘。呼童布餚核，田父為煖酒。清談雜雅謔，小飲時戰拇。映林窺婦孺，隔岸走童叟。客醉月色低，晚風起颼颼。行吟賦歸歟，折花復盈手。人生行樂處，所值不必偶。劉阮經天台，不聞坐相守。桃源至今傳，乃在迷路後。乍遘斯足奇，久習反成狃。寄語南村翁，此理君知否。

五十感懷　六首鈔一

五十年前萬曆中，風淳俗美更時豐。耕田鑿井油油樂，習禮歌詩藹藹風。雲漢忽焉嗟竭澤，黍禾旋復痛遺宮。只今短褐窮簷裏，俯仰憂時作老翁。

同友人至安義留别同學

世事如翻覆，端居忽遠征。時危江海穩，命賤别離輕。旅況依童僕，家艱仗友生。謀身殊未易，努力祝昇平。

按：年譜：「順治十八年辛丑，五十一歲，秋之安義令毛如石幕。」

新正初三日從安義載米之吳城途中值大風雨雪凡四日夜泊舟荒江感而賦此寄示家中兒輩

流光荏苒過，五十忽有二。今夕是何夕，乃在荒江次。雨雪暗江來，風聲復加厲。孤燈篷底宿，雙足縮如蝟。船頭急浪鳴，終夜不得寐。遙念家鄉間，未審何所似。年凶賦歛急，卒歲諒無計。親老子復拙，妻孥亦�悴。寄此數石穀，聊作饔飧費。人生當遲暮，進德乃可貴。飄搖二千里，俯仰逐儕輩。棄捐千古業，俛首事書記。補救無足稱，蹭蹬殊可愧。悠悠蒼天高，欲哭不成淚。寄言家中人，衣食諒匪易。

中秋夜坐月

去年此際別鄉關，浹歲逢秋尚未還。一夜思歸頭盡白，月明如雪滿千山。

樓居六首　鈔二

我昔好樓居，豁達喜無礙。仰窺天維高，俯矙地軸大。衰年迫世運，意興無復賴。乾坤莽寥廓，舉目但蒙昧。日光照我面，自覺非昔態。少壯何迂愚，反掌握三代。誰知頭鬢白，乞食千里外。開箱展書讀，自顧發長喟。

晨鼓曉衙催，暮鼓晚衙畢。晨昏鼓冬冬，吏冗無朝夕。山縣雖少事，案牘亦狼籍。書生昧時務，黽勉效寸尺。豈敢云代庖，聊以當食力。清暉照戶牖，白日眞可惜。予生固頹惰，何竟事茲役。攬鏡時一顧，歎息復歎息。

五老峯歌

予慕五老峯，癸卯孟冬，來遊南康已三日，經歸宗，過鹿洞，白雲時封，不得一覿。寓中有小樓，正對之。早晚坐臥，願得望見。十一日下午，濡筆作此歌。推窗而日光晶瑩，五老全身盡露，應是山靈為我一開生面也。喜而記之。

何年五老人，來往廬山頭。上攬錯列璀璨之星辰，下瞰分畫位置之九州。先要羲皇聖人為結契，後與秦漢唐宋公卿隱逸為綢繆。朝亦廬山頭，暮亦廬山頭。不樂攀龍與附鳳，惟與洞中白鹿相嬉游。不聞玉簫金管聲，惟聞洞中書院士子講誦而咿呦。同時海內有五嶽，崔巍廣大亦與此山頗相侔。又云此山高萬丈，海內無與為匹儔。五嶽世受王者封，爵比三公上諸侯。惟爾五老寂寞山之巔，清風明月互唱答，木石鹿豕同夷猶。五老囅然笑，此事奚足為我五老羞。吾聞食人食，便須為人謀。古來登封與望祀，玉帛牢醴奔走重沓來祈求。中央有水旱，嵩嶽當引為己憂。南西北東四維有災沴，衡恆泰華分其尤。歷年九萬六千歲，何年無水旱，何年無炎沴，五方享祭不聞稍稍分劣優。上天神明或者默用其賞罰，下民何知，未免祁寒暑雨相與歎息而啁啾。吾居廬山巔，不受祿一卣。右飲洞庭水，左挹彭蠡流。山僧樵牧日來往，世事與我同蜉蝣。有時氣力暇，出雲興雨，亦與下土為噢咻。大或被萬國，小或沾一邱。總由帝力，於我五老亦何有。千春萬古常優遊。

月下聽姚虞生鼓琴時予正學琴虞生也

新秋雨歇天微凉，薄雲初月流素光。虛堂無人四壁靜，虞生為我鳴清商。瓊林風過聲琳琅，遥空飛來雙鳳皇。山林杳冥不可識，海水澒洞魚龍翔。君不見，宣尼昔日師師襄，聲音之中見文王。黝然而黑頎而長，精神相遇無何鄉。吾徒何為昧此理，論宫道徵空徬徨。曲罷無言三歎息，如在羲皇遊化國。請君為我一再彈，太古希音世難得。

毘陵讀易十絶句　鈔二

萬象森然盡偶奇，羲文周孔漫施為。畫前有易人皆信，畫後原無世莫知。

聖人作易參天地，天地原來只此心。不向此心分黑白，韋編三絶未知音。

醉歌行賜楊爾京時予讀書家孝標園亭天寒風急迨將歸矣爾京邀我過萬卷樓抵足浹旬共究天人體用之學每夕必深談痛飲兼為梓行性善天文諸圖說感而賦此因以為贈

寒威凝天日色白，歲晏空亭讀周易。研朱滴水凍不流，擁褐圍爐坐朝夕。爾京楊子來談天，手畫九道如規圓。風吹指殭筆欲墮，謂我何事留荒園。移我百尺高樓巔，置我萬卷書中眠。東南日出初旭滿，擁書背坐如披氈。楊子才大心愈小，讀書五車猶見少。惓惓好問及迂愚，探索精微忘昏曉。上窮性妙羲皇前，下究治理周秦編。目營九天筭日月，手擘雲漢分山川。（時共究性善、九道分野諸說。）老夫老矣力不給，勉強竭蹶相周旋。嚴城無聲夜柝靜，輕雪微零燭花冷。深杯百罰互勸酬，雄談四座相馳騁。楊子楊子，我醉欲放歌，滿斟酌子金叵羅。古來乾坤亦如此，聖賢豪傑何其多。上經天文下緯地，中察人事須條科。豈矜奇詭好隱怪，祇是日用非繁苛。中古以後天地閉，人物雖生皆困弊。仲尼坎壈孟軻窮，餘子紛紛何足計。

予生五十成白首，靜念遭逢殊可醜。讀書學道空爾為，著述雖多煩醬瓿。感君意氣如古人，謂我著述良苦辛。託以棃棗壽百世，無窮雅意猶諄諄。（時為予刻性善、九道分野諸圖說，又欲刊予宗祭禮及諸著作。）君不見，古人不朽有三則，立言立功與立德。茲事千秋我與君，何必羨伯益皋陶禹稷契。

金壇史惠修過訪問道於丹陽蔣至正齋共談至夜分卽事有作用至正韻

黃葉丹楓秋漸深，漫勞佳客遠相尋。三更明月千秋語，一夜淸燈萬古心。絕俗何妨終遯世，救時只合在知今。堯夫有語須同勉，磨勵當如百鍊金。

答一菴竺生公綸見贈作卽步來韻

賢聖天生別有姿，後儒淺學得其皮。玄虛異說偏矜妙，平實眞詮反詫奇。底事繁言何足較，由來至理少人知。從今慎勿開生面，只抱人間不哭兒。（時方與友人論性善，故戲及之。）

題宋射陵蔬枰六絕句射陵諱曹字份臣海鹽人崇禎時為中翰曾應史閣部聘入幕府參軍事國變後種蔬養母近以山林隱逸徵　鈔二

飽經暑雨與祁寒，抱甕終年手足酸。謀事在人天未定，幾回長歎倚耡看。
殺雞供母古人欽，淡泊齏鹽那可禁。祿養不如謀善養，菜根滋味北堂心。

金壇史惠修過訪談道賦贈

性命工夫也不難，只將日用等閒看。功名亦是中間事，莫把分開作兩般。
說玄說妙總朦朧，只在尋常日用中。略向此間分理欲，一輪紅日自當空。

中秋同孔蓼園過鐵湖集曹豫朋山房諸同志皆會蓼園賦詩見貽率爾步韻奉答

吾道方窮前路迷，江皋猶幸有蘭芝。園中桂發穿芳徑，湖上波澄步水湄。立志天人期共究，忘年爾我互相師。儒門淡泊人爭訝，誰信風流只在茲。

奉答王石隱六十見贈詩

讀禮逾年歲月悠，白頭渾欲不勝秋。良辰似水堂堂去，俗累如膠故故留。不但時窮兼歲惡，此皆天意豈人謀。吾衰已矣蒼生病，雖為斯民進一籌。

按：此詩在康熙九年，年六十。去年喪繼母。臥病累月。婁中春夏大水，秋冬復大風雹。

七月左肩生疽至八月困頓彌甚醫者言積鬱所致有感而作

豈不謂愁惡，其如百慮煎。上供難暫緩，天意不吾憐。（婁中疊荒。）俯仰尚多媿，（母未葬，子未娶。）飢寒且勿宣。此肩方任重，降罰定何愆。

按：此詩在康熙十年，年六十一。屢年皆在丹陽荆氏館。

答吴江戴芸野見懷即步原韻

芸野少予□歲，原名鼎立，字則之，國變後改名笠，字芸野，隱居樂善，不入城市。己酉春，吳梅村招之至婁，宿於野寺，向讀甲申紀事，知予名，屬友人持刺致予，予懷刺就之，讀予性善圖說，下拜稱弟子，至是復以詩見懷。

鴻鵠參天飛，豐滿在六翮。千里此同心，何必羨几席。乾乾終日間，惕若猶貴夕。萬物備於我，詎可不窮格。毋徒學善人，質美不踐迹。萬物皆具性，稟受各有因。惟茲萬物靈，恒性不受塵。諸儒論說詳，得失每互陳。寥寥孔孟旨，誰與開陽春。立說苟或偏，罪匪揚與荀。學問徹上下，一語惟有敬。原始與要終，尚志迄盡性。小得固斐然，大成亦包幷。嗟彼半途賢，自畫功弗竟。舜予豈異人，克念斯作舜。吾生過甲子，雅志在取友。寥寥竟無徒，忽忽就衰朽。邂逅得吾子，駑駘瞠乎後。至理諒在斯，舉世等敝帚。儻或臻厥成，藉手報魯叟。人生最苦事，大故在衰年。讀禮不克盡，慚負千百愆。廢書幾兩載，著述安得前。況兼貧與病，遠遊亦無緣。禫餘得新詩，悵然理陳編。

《錢穆先生全集》總書目

甲編

國學概論
四書釋義
論語文解
論語新解
孔子與論語
孔子傳
先秦諸子繫年
墨子　惠施公孫龍
莊子纂箋
莊老通辨
兩漢經學今古文平議
宋明理學概述
宋代理學三書隨劄
陽明學述要
朱子新學案（全五册）
中國近三百年學術史（一、二）
中國學術思想史論叢（全十册）
中國思想史
中國思想通俗講話
學籥
中國學術通義
現代中國學術論衡

乙編

周公
秦漢史
國史大綱（上、下）
中國文化史導論

中國歷史精神
國史新論
中國歷代政治得失
中國歷史研究法
中國史學發微
讀史隨劄
中國史學名著
史記地名考（上、下）
古史地理論叢

丙編

文化學大義
民族與文化
中華文化十二講
中國文化精神
湖上閒思錄
人生十論
政學私言

從中國歷史來看中國民族性及中國文化
文化與教育
歷史與文化論叢
世界局勢與中國文化
中國文化叢談
中國文學論叢
理學六家詩鈔
靈魂與心
雙溪獨語
晚學盲言（上、下）
新亞遺鐸
八十憶雙親師友雜憶合刊
講堂遺錄（一、二）
素書樓餘瀋
總目